色づく人妻

葉月奏太

Souta Hazuki

イースト・プレス 悦文庫

目次

色づく人妻

第一章　抑えられない想い

1

十二歳の秋、寺口佳宏《てらぐちよしひろ》は山梨県のとある田舎町にいた。

両親が離婚の話し合いをすることになり、数日だけ母方の祖父母の家に預けられることになったのだ。

ここ数カ月、父親と母親は毎晩のように口論していた。

父が酒を呷《あお》って寝ると、母は決まって佳宏を抱きしめて泣いた。両親が喧嘩《けんか》をするところは見たくない。どうして、こんなことになったのかはわからない。ただ母が「あの女」とよく叫んでいたのは覚えている。日に日に夫婦の絆《きずな》が壊れていくのがわかった。

きっと自分がいるから、母は別れられないのではないか。子供心に自分はお荷物なのだと感じていた。

それでも、両親から離れたくなかった。今すぐ東京の家に帰りたい。そう思って祖父母の家から抜け出した。

だが、この町に来るまで列車で何時間もかかった。小学生の自分がひとりで帰れるはずもない。駅の前まで行ったが、結局あきらめて戻った。だからといって家に入りたくなくて、そのまま裏山に登った。

森のなかの急坂を懸命に駆けあがる。

時刻は正午をすぎたころだ。昼飯を食べずに飛び出したので、先ほどから腹が鳴っている。でも、そんなことはどうでもよかった。

秋の空は恨めしいほどに青く澄みわたっている。木々の葉は鮮やかな赤や黄に色づいていた。

ふと東京の家の近くにある銀杏《いちょう》の街路樹を思い出す。そろそろ黄色に染まるころではないか。銀杏並木を眺めながら、母と手をつないで歩いたのが遠い昔のように思えた。

「くッ……」

むしゃくしゃして、大きな紅葉の木を蹴飛《けと》ばす。さらに蹴ろうとして足を振りあげる。

「ぼく、どうしたの」

ふいに声が聞こえた。

叱《しか》られると思って肩をすくめる。恐るおそる振り返ると、そこには見知らぬ女の人が立っていた。

高校生くらいだろうか。きれいなお姉さんだ。濃紺のワンピースの上に焦げ茶のダッフルコートを羽織っている。

「いやなことでもあったのかな」

思いのほかやさしい声だ。

透きとおるような響きが耳に心地よい。叱られなかったことで安堵《あんど》するが、警戒心はとかない。どこの誰かもわからないのだ。祖父母に告げ口されるかもしれない。

そのとき、冷たい風が吹き抜けた。落ち葉がいっせいに舞いあがり、ワンピースの裾《すそ》がフワッとふくらむ。その直後、お姉さんのすらりとした脚と純白のパンティが露《あらわ》になった。

ほんの一瞬の出来事だったが、なめらかな白い肌とパンティの前についているピンク色の小さなリボンがはっきり見えた。

なぜか胸の鼓動が速くなった。

お姉さんはワンピースの裾を押さえると、なにごともなかったように、その場にしゃがみこんだ。そして、セミロングの黒髪をかきあげながら、佳宏の顔をのぞきこんだ。

「ぼく、どこから来たの」

そう言われて、麓《ふもと》に見える祖父母の家の屋根を指さそうとする。だが、直前でこらえてお姉さんの顔に視線を向けた。

「ぼくじゃないっ、佳宏だっ」

思いのほか大きな声になってしまう。

お姉さんが目を見開いたので、慌てて謝ろうとする。ところが、彼女はすぐに柔らかい笑みを浮かべた。

「そっか、佳宏くんっていうんだ。わたしは絵菜《えな》よ」

いっそうやさしげな声になっている。

じっと見つめられると照れくさい。心のなかで「絵菜さん」とつぶやくと、なぜか顔が燃えるように熱くなった。先ほどまでのむしゃくしゃした気持ちはどこかに消えたが、佳宏は不機嫌なふりをして顔をそむけた。

「町全体が見える場所があるの、知ってるかな」

絵菜に聞かれて、佳宏は首を左右に振った。

「教えてあげる」

軽やかな声で言うと、絵菜は佳宏の小さな手を握る。そして、森のなかをゆっくり歩きはじめた。

知らない人についていってはいけない。

親からも先生からも耳にたこができるほど言われていた。だが、絵菜は佳宏の手をしっかり握っていた。いや、振りほどくこともできたが、佳宏はそれをしなかった。母親よりも柔らかい絵菜の手を放したくなかった。

「ここよ」

森を抜けると、小さな野原に出た。

誰かが手入れをしたのではなく、たまたま木が生えていないらしい。眼下に町を一望できる見晴らしのいい場所だ。

家々の屋根があり、遠くに駅舎が見える。田舎の小さな町だ。東京のようにビルがたくさんあるわけではない。いちばん高い建物は、駅の近くにある三階建ての町役場だ。

「わたしだけの秘密の場所。これからは、わたしと佳宏くんの秘密の場所ね」

そう言われて、思いがけず緊張が高まった。

きれいなお姉さんと秘密を共有したのだ。佳宏は絶対に誰にも言わないと心に誓った。

「秘密の場所だから、ここで話すこともふたりだけの秘密よ」

絵菜が言うなら、それが正しい気がした。

「つらいことがあっても、誰かに話を聞いてもらうと楽になるの。佳宏くんはなにがあったのかな」

絵菜の穏やかな声を聞いていると、素直な気持ちになるから不思議だ。

「お父さんとお母さんが、別々に暮らす相談をしてるんだ」

気づいたときには打ち明けていた。

両親も祖父母も本当のことを教えてくれないが、知っている。すでに離婚は決定しており、どちらが佳宏を引き取るかで揉《も》めているのだ。誰も信用できないと思っていたが、手を握られていると安心できた。

「そうだったの。つらいよね」

絵菜の声が心に染みわたる。

ふいに鼻の奥がツーンとなり、佳宏は慌てて遠くの駅舎を見つめた。今すぐ東京に帰ったところで、もとの暮らしには戻れない。子供の自分にできることはなにもなかった。

「つらいときは泣いてもいいのよ」

絵菜はどこまでもやさしい。

甘えたい気持ちがこみあげるが、グッとこらえた。これ以上、やさしくされたら涙がこぼれてしまう。

「男だから泣かない……」

「男の子だからって我慢しなくてもいいの。だって、ここはわたしと佳宏くんの秘密の場所だもの」

そう言われても、佳宏は懸命に奥歯を食いしばった。

そんな佳宏を見て、絵菜は小さくうなずいた。それからは寄り添うだけで、しばらく口を開かなかった。

「わたしは、お父さんの仕事の都合で引っ越すことになったの」

絵菜がぽつりとつぶやいた。

佳宏の手を握ったまま、町をぼんやり眺めている。その瞳に光るものがあることに気づいて、佳宏は慌てて見ないふりをした。

「ここで生まれ育ったから淋《さび》しくて、最後に町の景色を目に焼きつけておこうと思ったの」

引っ越したくないのに、引っ越さなければならない。それは、きっとつらいことに違いない。じつは佳宏も引っ越すかもしれないと言われていた。友達と離ればなれになることを考えただけでせつなくなった。

「佳宏くんの悩みに比べたら、たいしたことないけどね」

絵菜はそう言って微笑を浮かべる。無理をしているとわかるから、なおさら悲しそうに見えた。

「いつか帰ってこられるかな……」

絵菜が遠い目をしてつぶやいた。

自分の非力さが恨めしい。佳宏はどうすればいいのかわからず、絵菜の手をただギュッと握った。

2

佳宏は祖父の葬儀で、久しぶりに田舎を訪れた。

勤め先の商社では、祖父母が亡くなった場合、忌引き休暇が三日取れる規則になっている。とつぜんの訃報で心の準備ができていなかったが、とにかく祖母の家で二泊させてもらうことになった。

今朝早くに東京を発《た》ち、先ほど到着して慌ただしく葬儀に参列した。

祖父は八十九歳だったが矍鑠《かくしゃく》としており、毎日、畑仕事に精を出していたという。とくに持病もなかったため、まったく想定していなかった。畑から戻らないので、祖母が様子を見にいったら倒れていたらしい。

祖父はかつて町役場で働いていた。

町の人たちの役に立つことが喜びだったという。昔は厳しい印象だったが、晩年は穏やかな顔になっていた。別れは淋しいが、祖父は自分の人生に満足している気がした。

葬儀場から祖母の家に戻ると、佳宏は喪服を着がえるのをあとまわしにして裏山に向かった。

落ち葉を踏みしめながら坂を一歩ずつ登る。

子供のときはとても急な坂に感じたが、大人になって登ってみると、意外にも緩やかだった。

（あの木だ……）

ひと目見て、すぐに思い出した。

懐かしい紅葉の木だ。あのときと同じように色づいている。この紅葉は記憶のままの大木だ。赤や橙色《だいだいいろ》に染まった葉を見ると、あのときの記憶がまざまざとよみがえった。

（俺、この木を蹴ってたんだよな）

佳宏は思わず木の幹にそっと触れた。

あれは十七年前、佳宏が十二歳のときだった。両親の別れ話がこじれて、佳宏は祖父母の家に数日だけ預けられた。

結局、離婚は成立して、佳宏は母親に引き取られた。

それまで住んでいたマンションから小さなアパートの一室に移り住んだ。母はパートをいくつもかけ持ちしながら、必死に佳宏を育ててくれた。詳しい事情は知らないが、父の援助はなかったようだ。

祖父母はいつでも帰っておいでと言ってくれたが、母は自分ひとりで佳宏を育てることにこだわった。

そもそも駆け落ち同然の結婚だったらしい。出会いの経緯《いきさつ》は知らないが、若いふたりは盛りあがったという。ところが、祖母は人を見る目があり、父のことを最初からよく思っていなかった。いずれ、ほかの女に目移りすると見抜いていたようだ。

しかし、母は聞く耳を持たず、恋に走った。そんな状態で実家を出たのに、離婚したから戻るとは言えなかったのだろう。結果として、祖母が懸念していたとおりになったのだ。

母は祖父母に心配をかけてばかりで、申しわけないと思っていたようだ。だから、祖父母の手を借りずに、東京でがんばりつづけた。

母子家庭で慎ましい暮らしだったが、愛情はたっぷり注いでくれたと思う。しかし、母はかなり無理をしたのだろう。身体を壊して病気がちになり、三年前に五十三歳の若さで亡くなった。

父とはいっさい連絡を取っていない。

母の死も知らせなかった。そもそも連絡先がわからないのだから、知らせようがなかった。

じつは、この町に来たのは、あの十二歳の秋以来だ。

母は生家を訪れたかったはずだが、そんな余裕はなかった。佳宏が社会人になり、母もようやく自分の時間が持てると思ったが、すでに身体は病魔に冒されていた。祖父母は何度か東京のアパートを訪れたが、母は最後まで里帰りができなかった。

両親が離婚してから十七年、いろいろなことがあった。つらいときは、いつもこの裏山での出来事を思い浮かべた。

鮮やかな紅葉とあの人の微笑が心の支えだった。

柔らかな手の感触も覚えている。淋しくて不安だった佳宏をやさしく包みこんでくれた。

（絵菜さん……）

心のなかで名前を呼んでみる。

あの日、絵菜と出会っていなければ、佳宏の人生は今と違うものになっていたかもしれない。それほどまでに、彼女の存在は大きなものだった。

しかし、絵菜に会ったのは、あの一度きりだ。下の名前はわかるが、苗字《みょうじ》は知らない。年齢は当時十二歳だった佳宏の、おそらく四つか五つ上だと思う。この町で生まれ育ったが、父親の仕事の都合で引っ越すことになったと言っていた。

（それに、とびきりの美人だったよな……）

今にして思うと、あれが初恋だったのかもしれない。

とにかく、絵菜の情報はそれくらいしかなかった。ずっと会いたいと願っていたが、探し出すのは簡単なことではない。それに思い出のままのほうがいいこともある。

（これでいいんだ……）

自分に言い聞かせると、森のなかを歩きはじめる。

記憶が正しければ、少し進むと小さな野原に出るはずだ。あの日、絵菜が教えてくれた町が一望できる秘密の場所だ。

紅葉の森を抜けて野原に出る。すると、意外なことに先客がいた。

女性が町を眺めている。深緑のフレアスカートに、クリーム色のハイネックのセーターを着ており、セミロングの黒髪が風に揺れていた。

もう、秘密の場所ではなくなってしまったのだろうか。

大切な思い出がつまっているので、他人に踏み荒らされたくない。しかし、あれから十七年も経《た》っているのだ。誰かがこの場所を見つけていたとしてもおかしくないだろう。

(でも、あの人……)

なんとなく気になり、無意識のうちに歩を進めた。

落ち葉を踏んだことでカサッと音が鳴る。女性が肩を微《かす》かに震わせて、恐るおそるといった感じで振り返った。

(あっ……)

喉もとまで声が出かかり、慌てて呑《の》みこんだ。

顔をひと目見た瞬間、似ていると思った。他人の空似ということもあるが、見れば見るほど本人のような気がする。佳宏は凍りついたように固まり、その場から動けなくなった。

(絵菜さん……)

あれから十七年経っているが、面影は確かに残っていた。

整った顔立ちとやさしげな瞳は当時のままだ。きれいなお姉さんから大人の素敵な女性になっているが、絵菜に間違いない。

ずっと忘れられずにいた女性が目の前にいるのだ。なぜ絵菜がここにいるのかわからないが、とにかく胸が熱くなった。

だが、きっと絵菜は佳宏のことなど覚えていないだろう。

なにしろ、たった一度会ったきりで、互いのことをなにも知らないのだ。当時十二歳だった佳宏は、年上のきれいなお姉さんに憧れを抱いた。だが、絵菜からすれば、佳宏はただの小学生の男の子にすぎなかった。

絵菜はこちらをじっと見ている。

ひとりきりのところに、とつぜん見知らぬ男が現れたのだから、彼女が驚くのは当然だ。

話しかけたいが、警戒されている気がする。だが、せっかく会えたのだ。言葉を交わさずに立ち去るのは淋しい。どうするべきか迷っている間、絵菜はずっとこちらを見つめていた。

「佳宏くん……」

ふいに名前を呼ばれてドキッとする。

自信なさげな声だが、確信しているようでもある。絵菜は首を微かにかしげて返事を待っている。

「そ、そうです……」

つぶやく声が緊張のあまりかすれてしまう。

名前を覚えていてくれたことが、なによりうれしい。てっきり忘れられていると思いこんでいた。

「絵菜さんですよね」

思いきって話しかける。すでに確信しているが、自分も覚えていたことを伝えたい。

「お久しぶり。すぐにわかってくれたみたいね」

絵菜が透きとおるような声で返事をする。

確認し合って視線をからめると、絵菜の顔に柔らかい笑みがひろがる。つられて佳宏も笑みを浮かべていた。

「うしろ姿で、もしかしてと思いました」

思わず声が弾んだ。

佳宏は歩を進めると、絵菜の隣に立った。町が一望できる懐かしい場所だ。ここに立つのはあの日以来だ。またこうして絵菜と並んで町を眺めているのが信じられない。

　まさに奇跡の再会だ。

　二度と会えないと思っていたので、なおさら感動している。裏山に登るのは十七年ぶりなのに、まさか絵菜がいるとは驚きだ。夢を見ているのではないかと自分を疑うほどである。

「その服は……」

　絵菜が喪服に気づいて、遠慮がちに尋ねる。

「祖父の葬式があったんです。今朝、東京から来ました」

　とつぜんの訃報だったが、八十九での大往生だ。祖父らしいきれいな最後だったと思う。

「ご愁傷さまです……」

　絵菜が睫毛《まつげ》をそっと伏せて頭をさげる。

　その姿が美しくて、思わず見惚《みと》れてしまう。絵菜が頭をゆっくりあげると、再び視線が重なった。

「ところで、俺のことがよくわかりましたね」

　話題を変えようと思って語りかける。

「だって、この場所は佳宏くんにしか教えてないもの」

絵菜は懐かしそうに目を細めて、佳宏の顔を見つめた。

ここは今でも秘密の場所で、ほかの人が来ることはまずないという。それを聞いて、内心うれしくなった。

「あのとき、佳宏くんはいくつだったの」

「十二でした。小六の生意気なガキでしたね」

紅葉の木を蹴っていたことを思い出して、ふいに恥ずかしくなる。絵菜との受け答えも、ずいぶんぶっきらぼうだった。

「かわいかったわよ。わたしと五つも違ったのね」

その言葉で絵菜の年齢をはじめて知った。

あのときは十七歳で、現在は三十四歳ということになる。子供のときの五歳差は大きいが、大人になってしまえばそれほどでもない。五歳差などまったく気にならなかった。

「あのかわいかった男の子が、こんなに立派になったのね」

絵菜がしみじみとつぶやいた。

立派などと言われたのは、これがはじめてだ。照れくさくなり、思わず視線をそらして町に向けた。

(絵菜さんも、さらにきれいになりました)

心のなかでつぶやくが、声に出す勇気はなかった。

実際、絵菜の美しさには磨きがかかっている。整った顔はもちろん、プロポーションも抜群だ。セーターが身体にフィットするデザインなので、乳房のふくらみや腰の締まったラインがはっきりわかった。

しかし、女性を褒めるのは照れくさい。さらりと言えばいいのだろうが、慣れていないので躊躇《ちゅうちょ》してしまう。

「そういえば、どうして絵菜さんはこの町にいるんですか」

佳宏の口から出たのは褒め言葉ではなかった。

結局、照れをごまかすように近況を尋ねていた。いつか面と向かって、女性を褒めることができるだろうか。

「十七年前に、お引っ越しになったのですよね」

「ええ……」

絵菜は小さくうなずいて微笑を浮かべる。

――いつか帰ってこられるかな……。

あのとき、絵菜はそう言った。

引っ越すのがいやで、悲しげな顔をしていたのを覚えている。かける言葉も見つからなかったのがもどかしかった。

「帰ってきたんですね」

「四年前に……」

佳宏の言葉に、絵菜は短く答える。願いが叶《かな》ったはずなのに、表情が硬く見えたのは気のせいだろうか。

「ところで、佳宏くんはいつまでこっちにいるの」

「祖母の家に二泊することになっています。じつは、この町に来たのは、あの日以来なんです」

話したいことは山ほどある。

興奮が冷めやらず、ついつい前のめりになってしまう。逸《はや》る気持ちをなんとか抑えて、慎重に話しはじめた。

「あのとき絵菜さんに話を聞いてもらって、心の整理ができた気がします」

両親の離婚は、子供だった佳宏にとっては大事件だった。

当時の佳宏は大人を信用できなくなっていた。だが、絵菜がやさしく手を握ってくれたことで、落ち着きを取り戻すことができたのだ。

両親が離婚して母親に引き取られたことや、今は就職して商社で働いていることなどを、かいつまんで話した。

「今の俺があるのは絵菜さんのおかげです。ありがとうございました」

ずっと感謝の言葉を伝えたいと思っていたが、おそらく無理だとあきらめていた。しかし、たった今、それが叶ったのだ。

「わたしは、なにも……」

絵菜は謙遜《けんそん》して首を小さく左右に振る。

微笑を浮かべているが、なにかが気になった。瞳がわずかに揺れている。もしかしたら、ひとりで泣いていたのではないか。懸命に抑えているが、瞳の奥には悲しみの色が見え隠れしていた。

「なんか俺ばっかりしゃべって、すみません」

「佳宏くんが元気そうでよかったわ」

絵菜は目を細めて、うれしそうな顔をする。しかし、心から笑っているようには見えなかった。

「絵菜さんは元気がないですね」

「そんなことは……」

今ひとつ歯切れが悪い。やはり、なにか問題を抱えているのではないか。絵菜の表情を見ていると、そんな気がしてならない。

「俺でよかったら、話を聞きますよ」

意を決して切り出した。

前回は子供だったのでなにもできなかったが、今なら少しは力になれる。手助けをしたいという気持ちが強かった。

「なんだか昔とは逆ね」

絵菜はそう言って「ふふっ」と笑う。

軽く受け流されてしまったが、絵菜の瞳は揺れている。もしかしたら、言いたくないことがあるのではないか。ますます気になるが、これ以上、突っこんで聞くこともできない。

「わたし、そろそろ戻らないと……」

絵菜がぽつりとつぶやいた。

「俺も戻ろうかな」

佳宏もいっしょに裏山をおりることにする。

懐かしい場所を訪れて、まさか絵菜に会えるとは思いもしなかった。燃えるような赤や鮮やかな黄に染まった葉が、裏山を埋めつくしている。そのなかを肩を並べて歩いているだけで楽しくなった。

「そうだ。連絡先を交換してもらえませんか」

麓が近づいたとき、ふと思いついてジャケットのポケットからスマートフォンを取り出した。

「交換するのはいいけど、連絡はあまり――」

絵菜もスマホを取り出そうとして、とつぜん黙りこんだ。

視線は佳宏ではなく、麓のほうに向いている。思わず見やると、見知らぬ男が仁王立ちしていた。

濃紺のスラックスにワイシャツ、ネクタイは締めておらず、スラックスと同色のジャケットを羽織っている。年齢は絵菜に近いのではないか。細身でなかなかの二枚目だが、神経質そうな男だ。

「絵菜、なにやってるんだ」

男が苛立《いらだ》った声をあげる。

絵菜のことを呼び捨てにするとは、いったい何者だろうか。いやな予感がこみあげて、思わず絵菜を見つめた。

「誰ですか」

絵菜にだけ聞こえるように問いかける。

答えを聞くのが怖い気もするが、尋ねずにはいられない。絵菜のことなら、すべて知りたかった。

「ごめんね……」

絵菜はこちらを見ることなく、小声でつぶやく。答えになっていないが、それ以上はなにも言わず、男のもとに向かった。

佳宏は呆然《ぼうぜん》と立ちつくして見送るしかない。

そのとき、絵菜の左手の薬指にリングが見えた。これまで女性が身につけているアクセサリーを気にしたことなどなかった。どうして今、目に入ったのかはわからない。とにかく、妙に気になって凝視した。

(あれって、もしかして……)

結婚指輪ではないか。

そう思ったとたん、頭をハンマーで殴られたようなショックを受けた。激しい目眩《めまい》に襲われて、近くの木に手をついて体を支えた。

（そうか……そうだよな）

自分の馬鹿《ばか》さ加減に呆《あき》れてしまう。

絵菜が結婚している可能性はまったく頭になかった。二度と会えないと思っていたので、そこまで考えが及んでいなかったのだ。

「晩飯はどうなってるんだ」

「すみません。すぐに準備します」

苛つく男を宥《なだ》めるように絵菜が答える。

男の左手の薬指にもリングがはまっていた。おそらく、絵菜と同じリングに違いない。

「あいつは誰だ」

「昔の知り合いです。たまたま会ったから――」

「そんなこと関係ない。俺の知らないやつとは話すなと言ってるだろっ」

男に怒鳴りつけられて、絵菜は怯《おび》えたように肩をすくめた。

（あれが、絵菜さんの……）

佳宏は呆然と見つめつづけるしかない。

男が歩きはじめると、絵菜は少しうしろをついていく。一度だけこちらを振り返り、男に気づかれないように会釈した。

いやな感じの男だ。

どうして、絵菜はあんな男と結婚したのだろうか。絵菜なら、いくらでも相手はいたはずだ。いや、たとえどんなに誠実でも、どんなに大金持ちでも、佳宏は納得できなかったと思う。

絵菜の夫を見かけたことで、激しい嫉妬《しっと》を覚えている。それと同時に、絵菜への想いが急激にふくれあがった。

3

祖母の家に戻り、佳宏はチノパンとダンガリーシャツに着がえた。

葬儀の直後なので仕方ないが、祖母は仏間から出てこない。先ほど様子を見に行くと、仏壇の前でぼんやりしていた。涙を流すわけでもなく、呆《ほう》けているのが気になった。

近所に住んでいる叔母も心配しており、しばらくはここに泊まるという。今は台所で食事の支度をしているところだ。

叔母は亡くなった母親の弟の嫁で、祖母と血はつながっていない。それでも本気で心配してくれる心やさしい女性だ。母親が亡くなったときも、ずいぶん気にかけてくれたので印象はよかった。

祖母の家は平屋の典型的な日本家屋だ。詳しいことは知らないが、曾祖父《そうそふ》の代から住んでいるというので、築年数はかなり経っている。古い建物だが、手入れはしっかりされていた。

なにより、庭が広いのがうらやましい。小さな池があり、キャッチボールくらいなら充分にできる。しかも、昔、叔父が住んでいた離れがあり、佳宏はそこに泊まらせてもらうことになっている。

東京でこんな大きな家に住めるのは、ごく一部の限られた人だけだろう。

いかにも田舎の家という感じで、個人的には嫌いではない。しかし、どうしても子供のときに預けられた記憶がよみがえってしまう。当時は祖父も祖母もそわそわしており、いやな空気が流れていた。

だが、今は過去の記憶以上に、先ほどの男のことが気になっている。

(たぶん、あいつは……)

絵菜の夫に間違いない。

あのときは絵菜が結婚していたことにショックを受けて、なにも考えられなくなってしまった。だが、今になって思い返すと苛立ちがこみあげる。絵菜にきつい態度を取り、初対面の佳宏をにらんでいた。

とにかく、いけ好かない男だ。

じっとしていられず、立ちあがって居間のなかを歩きまわる。居間のガラス戸から庭を見つめて、奥歯をギリッと強く噛《か》んだ。

「佳宏ちゃん、ちょっと手伝って」

叔母の呼ぶ声が聞こえた。

どうやら、晩ご飯の支度ができたらしい。佳宏は心を落ち着かせると、台所に向かった。

「今日はお義母《かあ》さんの好きなお魚にしたの」

叔母は人のよさそうな笑みを浮かべている。

皿にはサンマの塩焼きが乗っており、食欲をそそる香りが漂っていた。落ちこんでいる祖母をなんとかして元気づけたい。叔母のそんな気持ちが伝わり、心がほっこり温かくなった。

「おいしそうですね。きっと、ばあちゃんも元気になりますよ」

「そうだといいんだけど。これ、運ぶの手伝ってもらえるかな」

叔母に頼まれて、料理をお盆に乗せて居間へと運んだ。その間に叔母が仏間に向かった。

「ご飯ができましたよ。少しでも食べてください」

「ありがとうね。あとでいただくよ」

祖母の声が聞こえた。

思っていたよりも張りのある声だ。今すぐというわけにはいかないが、叔母のやさしさがあれば悲しみから立ち直れる気がした。

しかし、祖母は仏間から出てこなかった。まだ食欲が湧《わ》かないのだろう。長年連れ添った夫をとつぜん亡くしたのだから無理もない。結婚していない佳宏でも、祖母の悲しみを思うと胸が苦しくなった。

叔母とふたりきりで食事を摂《と》りはじめる。

黙っていると暗くなりそうで、叔母も佳宏も不自然なほどよくしゃべった。とはいっても、近況報告をするだけだ。だんだん話すことがなくなり、間が空くようになってきた。

「ところで、彼女はいるの」

沈黙を嫌ったのか、叔母が唐突に尋ねる。

なんとなく、思いついたことを口にしただけだろう。しかし、口にしたことで興味が湧いてきたらしい。なにやら楽しげに見つめていた。

「しばらく、いないです」

あまりひろげたくない話題だ。佳宏はわざと素っ気なく答えた。

就職して一年目に同僚の女性とつき合った。はじめての恋人で、セックスも経験した。ところが、幸せな日々は長くつづかなかった。喧嘩が絶えなくなり、わずか半年で破局した。

原因は佳宏にあった。

どうしても忘れられない女性がいた。そんな状態で交際しても、うまくいくはずがない。自分では恋人を大切にしているつもりでいたが、誠実さが足りないと罵《ののし》られた。

今にして思うと、内心を見抜かれていたのかもしれない。結局、最後まで恋人と向き合うことができなかった。

以来、誰ともつき合っていない。

心のなかにいるのは、どこの誰かもわからない女性だ。下の名前以外はなにも知らない。たった一度しか会っていないのに、胸に深く刻まれている。自分でも馬鹿げていると思うが、どうしてもあきらめきれなかった。

そして、再会の日はとつぜん訪れた。

奇跡だと思った。もしかしたら、これは運命かもしれない。あまりにも劇的でなにかの縁を感じるほどだった。

ところが、彼女には旦那《だんな》がいた。

(絵菜さん……)

心のなかで名前を呼ぶだけでせつなくなる。

既婚者であるとわかった今、なおさら惹《ひ》きつけられてしまう。手を出してはいけないと思うから、よけいに欲しくなるのだろうか。

(いや、違う……)

横暴な旦那の前で、絵菜は畏縮《いしゅく》しているように見えた。

あの男といっしょにいて、絵菜が幸せになれるとは思えない。少なくとも自分なら、絵菜を怒鳴りつけたりはしない。言動から察するに、束縛の強いタイプのようだった。

「佳宏ちゃんならモテそうなのにね。この町は若い人が少ないけど、東京ならいくらでもチャンスはあるでしょう」

叔母はなにやら楽しそうに言いながら、サンマの骨をはずしている。その言葉を聞いて、ふと思いついた。

「若い人なら、さっき見かけましたよ」

佳宏はさりげなさを装って切り出した。

叔母は生まれも育ちもこの町だ。なにしろ小さな田舎町だから、もしかしたら絵菜のことを知っているかもしれない。直接のつながりはなくても、なにかわかるかのではないか。

東京生まれの佳宏は、今までその可能性に気づかなかった。

都会では隣人との関係が希薄だが、田舎ではまだご近所づき合いを大切にしている。夕飯の前も、仏壇に手を合わせに来る人が大勢いた。面識のない人まで来るというから不思議な感じがした。

直接の知り合いではなくても、噂《うわさ》くらいは耳に入っているのではないか。若い人が少ないのなら、なおさら可能性は高まる。とにかく、なんでもいいので絵菜のことを知りたかった。

「若いっていっても、俺より年上だと思うけど」

「どこで見かけたの」

「裏山の麓で。夫婦みたいだったな」

「若い夫婦っていったら、相内《あいうち》さんかしら」

叔母が首をかしげてつぶやいた。

「旦那さんが奥さんのことを、絵菜って呼んでたな……」

「やっぱり絵菜ちゃんだわ」

どうやら知っているらしい。叔母は確信したらしく、すっきりした顔で大きくうなずいた。

(知ってるんだ……)

根掘り葉掘り聞きたくなるが、グッとこらえて心を落ち着かせる。

絵菜に片想いしていることは知られたくない。彼女が結婚しているのなら、なおさらである。

「絵菜ちゃんが高校生くらいのときに、お父さんのお仕事の都合で引っ越したのよね。だけど、結婚して戻ってきたのよ」

「へえ……」

佳宏はよけいなことを言わずに相づちを打つ。話題を見つけた叔母は、ここぞとばかりにしゃべりはじめた。

「本屋さん、知ってるでしょう。あの近くに住んでるのよ」

「そうなんだ」

「帰ってきたのは何年までだったかしら。あっ、そうそう――」

エンジンがかかり、叔母は聞いてもいないことまで教えてくれる。

絵菜が結婚して戻ったのは四年前だという。夫のことはよくわからないが、自宅で仕事をしているらしい。最初はきちんと挨拶《あいさつ》をする青年だったが、最近は評判が悪いという。

「なにかやらかしたのかな」

「わたしも詳しいことは知らないの……」

叔母はそこで言葉を濁した。

本当に知らないのか、それとも言いたくないのか。もしかしたら、悪い噂でも聞いているのかもしれない。あれほど盛りあがっていたのに、急に黙りこんでしまった。

(なにか知ってるんだな……)

そう思うが、言いたくないのなら追求はしない。それでも、ずいぶん情報を得ることができた。

「ごちそうさまでした。おいしかったです」

「お粗末さまでした」

「洗いものは俺がやります」

食器を手にして立ちあがる。ところが、叔母が慌てて制した。

「そんなことやらなくていいのよ。東京からわざわざ来てくれただけでも、お義母さんは喜んでいるんだから」

「でも……」

「いいから、いいから。離れで休んでなさい」

そう言われて、佳宏は恐縮しながら離れに戻った。

4

（本屋さんの近くって言ってたよな……）

佳宏は離れの前で立ちどまった。

時刻を確認すると、すでに午後七時をまわっている。田舎の書店なので、閉まるのは早いかもしれない。それならそれで構わない。とにかく、行ってみようと思った。

離れには入らず、そのまま本屋に向かう。

住宅街を抜けて県道に出る。とはいっても、交通量は少ない。ときどき車が通るだけの道路を、駅に向かって歩いていく。県道沿いにある商店は、すでにシャッターがおりていた。

わずか五分ほどで本屋が見えてくる。

やはり看板の明かりは消えていた。期待していなかったので、がっかりすることはない。本が欲しかったわけではなく、絵菜のことが気になっていたのだ。とにかく、絵菜に会いたい。

本屋の前を通りすぎて路地に入る。

住宅街がひろがっており、どこが絵菜の家なのか見当もつかない。だが、苗字はわかっている。表札をすべて確認してまわれば、そのうち見つけられるかもしれない。

（俺は、なにをしたいんだ……）

ふと自分自身に疑問が浮かんだ。

絵菜の家がわかったところで、どうすることもできない。絵菜はすでに結婚している。どんなに好きになっても、指一本触れてはならない女性だ。淋しいけれど、あきらめるしかなかった。

(やっと会えたのに……)

旦那の顔を思い出すと、嫉妬が胸にこみあげる。

好きだった女性を横から奪われた気分だ。十七年も想いつづけていたのに、告白もできないまま、佳宏の恋は終わりを告げた。

(帰るか……)

急に疲れが出て、足が重くなった。

これ以上、うろうろしても意味はない。やりきれない思いで踵《きびす》を返す。離れに帰って、とっとと寝るつもりだ。

「出ていけっ」

とつぜん、怒鳴り声が聞こえた。

なにごとかと思って、周囲に視線をめぐらせる。すると、近くの家から絵菜が飛び出すのが見えた。

サンダルを履いて走っていく。先ほどの声は旦那かもしれない。佳宏はとっさに走り出した。頭で考えるよりも先に体が動いた。

「絵菜さんっ、待ってくださいっ」

彼女の背中に向かって懸命に呼びかける。

すると、絵菜がようやく立ちどまった。電柱に手をついてうつむき、息をハアハアと乱している。いったい、なにがあったのだろうか。しばらくして呼吸が整っても、肩が小刻みに震えていた。

「大丈夫ですか……」

声をかけた直後、馬鹿なことを聞いたと思う。

泣いているのだから、大丈夫なはずがない。もっとましな言葉をかけるべきだが、ほかになにも浮かばなかった。

「あ、あの……どこに行くつもりだったんですか」

もう一度語りかけると、絵菜はうつむいたままで首を力なく左右に振る。

どうやら、行く当てもなく飛び出したらしい。先ほどと同じスカートにセーターという服装だ。羽織るものがなければ冷えるに違いない。佳宏は自分が着ていたブルゾンを脱ぐと、彼女の肩にそっとかけた。

「ありがとう……」

絵菜は消え入りそうな声でつぶやく。そして、指先でブルゾンをそっとつかむと、再び肩を小刻みに震わせた。

「俺でよかったら、話を聞きますよ」

無意識のうちに口から出たのは、ふたりだけの秘密の場所でかけたのと同じセリフだ。

——なんだか昔とは逆ね。

あのとき、絵菜はそう言って聞き流したが、今はただ肩を震わせている。佳宏は迷ったすえ、絵菜の手をそっと握った。

「あっ……」

絵菜は小さな声を漏らしたが、すぐに佳宏の手を握り返した。

彼女は人妻だ。触れてはいけないのはわかっている。だが、そうせずにはいられない。十七年前、自分がそうしてもらったように、なんとかして絵菜を元気づけたかった。

柔らかい手に触れたことでドキドキしている。だが、今は彼女を慰めることが先決だ。

（ここはまずいな……）

今のところ人影は見当たらないが、いつ誰が通るかわからない。なにしろ田舎町なので、人妻に寄り添っているところを見られたら、根も葉もない噂が立ちそうな気がする。

「行きましょう」

絵菜の手を引いて歩きはじめる。

住宅街の片隅で立ち話をするより、早く移動したほうがいい。とにかく、絵菜をうながして離れに向かった。

数分後、ふたりは離れに到着した。

叔母に見つかると、なにか言われそうだ。静かに玄関ドアを開けて、絵菜を迎え入れた。

離れのなかは、ワンルームマンションに似た造りになっている。十畳の洋室にミニキッチン、風呂《ふろ》とトイレもある快適な空間だ。部屋の奥にベッドがあり、ローテーブルと小型のテレビも設置されていた。

「座ってください」

ベッドを勧めると、絵菜は黙って腰かける。

佳宏は冷蔵庫から烏龍茶《ウーロンちゃ》のペットボトルを取り出して、ひとつを絵菜に手渡した。

自分はどこに座るべきか逡巡《しゅんじゅん》する。

距離を取るべきだと思うが、絵菜の近くにいたい気持ちを抑えられない。下心がまったくないと言えば嘘《うそ》になる。しかし、絵菜は人妻だ。手を出してはいけない女性だということはわかっている。

迷いながらも絵菜の隣に腰をおろした。

それと同時に、ベッドが軋《きし》むギシッという音が部屋に響きわたる。隣をチラリと見やれば、セーターに浮かびあがる乳房のまるみが目に入った。

（どこを見てるんだ……）

慌てて自分を戒める。

理性の力を総動員して乳房から視線を引き剝《は》がす。そして、小さく息を吐き出すと、なんとか気持ちを落ち着かせた。

「さっきのは、旦那さんの声ですよね」

ストレートに問いかける。

遠まわしに聞いても仕方がない。裏山で怒鳴っていた声が、まだ耳の奥に残っている。自分の妻に対して、どうしてあれほどきつい態度を取るのか不思議でならない。

「いつものことなの……」

絵菜は言いにくそうにつぶやく。

どうやら、夫は気に入らないことがあるとすぐに怒鳴るらしい。暴力こそ振るわれていないが、いつ手を出されるかと怯えているという。

「どうして、そんな人と……」

素朴な疑問が口から出かかってしまう。

そんな男のどこに惹かれて結婚したのだろうか。うつむいて話す絵菜を見ていると、まったく幸せが感じられない。苦悩しか伝わってこないのだ。

「今はあんな感じだけど、結婚する前はやさしかったのよ」

佳宏の疑問に答えるように、絵菜がぽつりぽつりと語りはじめる。

十七年前、父親の仕事の都合で、絵菜は名古屋《なごや》に引っ越した。そのとき、いずれこの町に戻るつもりで家を売らずに残しておいたという。ところが、戻る前に両親は病気で立てつづけに亡くなってしまった。

「だから、なおさら戻りたかった。お父さんとお母さんも大好きだったこの町で暮らしたかったの」

絵菜は記憶をたどりながら説明してくれる。

当時の気持ちがよみがえるのか、ときおり言葉につまりながらも、懸命に話しつづけた。

絵菜は大学で教員免許を取り、高校の美術教師として働いていた。大学で知り合ったひとつ年上の夫、相内宣継《のぶつぐ》はトレーダーだという。

パソコンとインターネットの環境があれば、どこでも株の売買ができる。宣継は住む場所にこだわりがなく、プロポーズするときに絵菜の好きな場所に住もうと言ってくれたらしい。

「三十歳のときだったわ」

後悔の念がこみあげたのか、絵菜は下唇をキュッと噛んだ。

結婚を機に、この町に移り住んだという。宣継の希望で、絵菜は仕事を辞めて家庭に入った。トレーダーで稼ぎは充分あったので、生活に困ることはなかったようだ。

「幸せになれると思っていたの……」

絵菜は太腿《ふともも》の上に置いた両手でスカートを強く握った。

ところが、夫は結婚後に変わってしまったという。束縛が強くなり、絵菜がほかの男と話すと不機嫌になる。商店の従業員が相手でも、必要以上の会話を許さなかった。

しかも、田舎暮らしが合っていなかったらしい。都会育ちの宣継には、この町は退屈だったようだ。ストレスを抱えて苛立つことが多くなり、絵菜を怒鳴り散らすのは日常茶飯事だという。

「ご近所さんから白い目で見られるようになって……」

絵菜の声はますます小さくなる。

佳宏もこの耳で怒鳴り声を聞いた。あんなことを年中やっていたら、近所から迷惑がられるのは当然だ。地域のつながりが強い田舎なら、なおさらだろう。どうやら、絵菜は肩身の狭い思いをしているようだ。

先ほどは絵菜の作った食事が気に入らなくて、機嫌を損ねたという。

料理を作ってもらえるだけでも感謝しなければならないのに、怒鳴り散らすとは最低の男だ。しかも、その声が近所に聞こえても、本人はまったく気にしていないという。

（どうして、そんなやつと……）

今すぐ別れるべきだと思う。

だが、そんな無責任なことは言えない。絵菜もこんなことになるとは思っていなかったはずだ。予想できなかった事態に直面して、いちばん苦しんでいるのは絵菜なのだ。

仕事を辞めさせたのは、束縛するためだったのかもしれない。専業主婦になったことで、離婚しづらくなったのは事実だ。もしかしたら、最初からそこまで計算していたのではないか。

「それだけじゃないの。あの人、浮気をしているのよ」

絞り出すような声だった。

宣継は絵菜に当たり散らすだけではなく、浮気をするようになったという。しかも、浮気相手はひとりではないらしい。隠す気がないのか、絵菜がいる前でも女に電話をかけることがあるというから驚きだ。

「それは……」

さすがに看過できない。怒りがこみあげて拳《こぶし》を握りしめる。もし目の前に宣継がいたら、こらえきれずに殴り飛ばしていたかもしれない。それほどの憤怒《ふんぬ》が全身を駆けめぐった。

「でも、この町に住みたいと言ったのは、わたしだから……」

絵菜は複雑な表情を浮かべている。どうやら、責任を感じているらしい。

宣継には田舎生活が合わなかったようだが、だからといって絵菜を蔑《ないがし》ろにしてもいい理由にはならない。しかも、何人もの女と浮気をくり返しているのだ。決して許されることではない。

「絵菜さんは悪くありません」

黙っていられずに口を開いた。

「悪いのは絶対に旦那さんです。絵菜さんは少しも悪くありません。絵菜さんが無理をするのはおかしいです。どうして、絵菜さんがこんな目に遭わないといけないんだっ」

しゃべっているうちに、つい力が入ってしまう。だが、なんとしても伝えなければならない。絵菜が罪悪感を抱く必要はない。そう思って、佳宏はきっぱり言いきった。

「佳宏くん……ありがとう」

絵菜は佳宏の剣幕に驚いたようだが、すぐに微かな笑みを浮かべた。

「話してよかったわ。じつはね、なかなか言い出せないけど、別々の道を歩むことも考えているの」

その言葉を聞いて、少しだけほっとする。

絵菜が自分を責めながら、あの男と結婚生活をつづけるのは絶対に違う。早く別れて、新しい人生を歩んでほしい。そのとき、隣に自分が寄り添うことができればと密《ひそ》かに思った。

「もう、疲れてしまったの……自分なりにがんばったつもりでも、あの人にはなにも届かなかったわ」

絵菜はそう言って、真珠のような涙をこぼした。

なんとかして慰めたいが、かける言葉が見つからない。こういうとき、どうすればいいのだろうか。

(俺には、これくらいしか……)

逡巡しながらも、涙を流す絵菜の肩にそっと手をまわした。

5

絵菜は睫毛を静かに伏せて、頭を佳宏の肩に預けている。

艶《つや》やかな黒髪から甘いシャンプーの香りが漂っており、先ほどから鼻腔《びこう》をくすぐっていた。冷静でいようとするが、つい深く吸いこんでしまう。すると、頭の芯《しん》がジーンと痺《しび》れてクラクラした。

「え、絵菜さん……」

沈黙に耐えられず、震える声で呼びかける。

絵菜が顔をゆっくりあげて、濡れた瞳を佳宏に向けた。視線が重なり、胸の鼓動が一気に速くなった。

息がかかるほど距離が近い。はじめて会ったあの日から想いつづけていた絵菜が、今まさに自分の腕のなかにいる。新鮮なさくらんぼを思わせるプルンッとした唇が、すぐそこにあるのだ。

吸い寄せられるように唇を重ねる。頭の片隅ではいけないと思っているが、どうしてもこらえることができなかった。

「ンっ……」

絵菜が微かな声を漏らして身を固くする。とつぜんの口づけに驚いて、目を大きく見開いた。

(や、柔らかい……)

蕩《とろ》けるような唇の感触に陶然となる。だが、それは一瞬だけで、我に返った絵菜が唇を離してしまった。

「い、いけな――ンンっ」

最後まで言わせることなく、再び強引に唇を重ねる。

もう一度、唇の柔らかさを味わいたい。そう思ったときには、彼女の肩を強く抱き寄せていた。

(俺は、なにを……)

まずいことをしているとわかっている。理性がやめろとささやくが、体が勝手に動いていた。

「ウンンッ」

絵菜は目を見開いて、両手で佳宏の胸板を押し返している。

だが、唇の柔らかさを知ってしまった以上、途中でやめられるはずがない。なにしろ、あの絵菜と口づけを交わしているのだ。佳宏は勢いのまま、舌を伸ばして口内に挿し入れた。

「ンンンッ」

絵菜が慌てた声をあげて身をよじる。

佳宏は彼女の肩をしっかり抱くと、湿った歯茎に舌を這《は》わせて、頬《ほお》の内側を舐めまわす。さらには奥で怯えたように縮こまっている舌を、ねちっこくからめとった。

「あふンっ、ま、待って……」

絵菜がくぐもった声でつぶやく。しかし、佳宏は構うことなく、柔らかい舌を思いきり吸いあげた。

（俺、絵菜さんと……）

ディープキスを交わしている。そう思うだけで昂《たかぶ》り、ますます舌を強く吸いあげた。

「はンンっ」

絵菜は困惑の声を漏らしている。とつぜんのことに対処できず、されるがままになっていた。

（なんて甘いんだ……）

メイプルシロップを思わせる唾液が口内に流れこんでいる。

震える女体を抱きしめて、じっくり味わいながら飲みくだす。そして、再び舌と唾液をジュルジュルと吸いあげる。舌と舌の粘膜を擦《こす》り合わせるのも心地よくて、気分がさらに高揚していく。

「あふっ……わ、わたし、結婚してるのよ」

絵菜は唇を離すと、泣きそうな顔でつぶやいた。

「そんなの関係ありません。俺は絵菜さんのことをずっと――」

「ダメ、言わないで」

佳宏の言葉は絵菜のささやきに遮られる。

夫婦の関係は破綻《はたん》しかけているが、人妻であることに変わりはない。夫に浮気をされても、自分は貞操を守ろうとしている。そんな絵菜の姿を目の当たりにして、ますます熱い想いがふくれあがった。

「え、絵菜さんっ」

欲望にまかせて、濃厚な口づけをくり返す。

絵菜は眉《まゆ》を困ったような八の字に歪《ゆが》めて、懸命に胸板を押し返す。しかし、手から徐々に力が抜けていくのがわかった。

佳宏の情熱に触れて、抗《あらが》っても無駄だと悟ったのかもしれない。そんな彼女の反応が、欲望をさらに加速させる。ペニスがこれでもかと硬くなり、チノパンを突き破る勢いで押しあげた。

セーターの上から乳房のふくらみに手のひらを重ねる。ブラジャーのカップごと揉みあげると、絵菜は首を小さく左右に振った。

「い、いけないわ……」

絵菜がかすれた声でつぶやいた。

だが、途中でやめられるはずがない。セーターの裾をつまむと、乳房の上まで一気にまくりあげる。

「ああっ……」

恥じらいの声とともに、白いブラジャーに包まれた乳房が露出した。

飾り気のない地味なブラジャーが、絵菜の奥ゆかしさを反映している。慎み深いからこそ、秘密を暴いた気がして高揚した。

柔らかそうな乳房がカップで寄せられて、魅惑的な谷間を形作っている。じっと見つめていると、渓谷に吸いこまれてしまいそうだ。なめらかな肌にカップの縁がめりこんでいるのも興奮を誘う。

(す、すごい……すごいぞ)

ここまで来たら、絵菜のすべてを確認したい。

すかさず両手を彼女の背中にまわすと、ホックをはずしてブラジャーを押しあげた。

「ダ、ダメよ」

絵菜は両腕を交差させて乳房を覆い隠す。しかし、佳宏は手首をつかんで強引に引き剝がした。

（おおっ……）

ついに絵菜の乳房が露になり、思わず腹のなかで唸《うな》った。

たっぷりとした双《ふた》つのふくらみが、呼吸に合わせてタプタプ揺れている。染みひとつない白い肌がなめらかな曲線を描いており、その頂点では鮮やかな桜色の乳首が鎮座していた。

（こ、これが、絵菜さんの……）

圧倒されて声も出ない。

信じられないほど美しい乳房だ。まるで繊細で高貴な美術品を見ているような感動を覚える。それでいながら猛烈に欲望を刺激されて、勃起したペニスの先端から我慢汁が大量に溢《あふ》れ出す。すでにボクサーブリーフの内側はドロドロの状態になっていた。

「お、お願いだから見ないで……」

絵菜が赤く染まった顔をそむけて、か細い声で懇願する。

そうやって恥じらう姿が、ますます牡《おす》の欲望を煽《あお》り立てた。佳宏は自分のなかに眠っていた獣性に驚きながらも、絵菜の手首をつかんだまま、前のめりになって乳房に顔を寄せた。

「ああっ、そんな……」

弱々しく抗う声が、ペニスに激しく響いている。

佳宏は至近距離から乳房に視線を這いまわらせては、先端で揺れる乳首をじっと見つめて息をフーッと吹きかけた。

「あっ、ダ、ダメ……」

絵菜が腰をよじるたび、たっぷりした乳房が誘うように揺れる。

やがて視線と熱い息が刺激になったのか、まだ触れてもいないのに乳輪がふっくらと盛りあがった。

「こんなに硬くして、見られただけで興奮したんですか」

「だ、だって……誰かに見られるの、久しぶりだから……」

顔をうつむかせると、絵菜は消え入りそうな声でつぶやいた。

どうやら、夫の前でしばらく裸体を晒《さら》していないようだ。もしかしたら、セックスレスなのかもしれない。夫は浮気相手に夢中で、絵菜に見向きもしないのではないか。

（それなら、俺が代わりに……）

佳宏は再び乳首に熱い息を吹きかける。

これほど美しい妻がいるのに、浮気をする夫の気が知れない。もし自分が絵菜の夫なら、毎晩でも抱くに違いない。今こうしている間も、ペニスは痛いくらいに張りつめていた。

「はああンっ」

絵菜の唇から、せつなげなため息が溢れ出す。

首を弱々しく左右に振っているが、乳首はまるで自己主張するように硬くとがり勃《た》っている。乳輪もドーム状に隆起しており、桜色が濃くなっていた。本人の意志とは裏腹に、身体はしっかり反応しているのだ。

「み、見ないで……恥ずかしいの」

「す、すごい……すごいですよ」

絵菜の声を聞き流して、佳宏は鼻息を荒らげながら乳首を観察する。

こんな状況でも、双つの乳首はますます硬くなっていた。その事実が佳宏の胸のうちにある罪悪感を希釈する。人妻に愛撫《あいぶ》をするうしろめたさが、言葉にならないほどの興奮へと変化した。

(絵菜さんも感じてるんだ……)

心のなかでつぶやき、自分の行為を正当化する。

両手で双つの乳房を揉みあげると、指先がいとも簡単に柔肉のなかへと沈みこんだ。溶けてしまいそうな感触に興奮して、何度も乳房をこねまわす。これほど柔らかいのに、しっかり張りを保っているのが不思議だ。

「あンっ、ダメ……はあンっ」

乳房を揉みあげるたび、絵菜の唇からせつなげな声が漏れる。

睫毛を半分落として、ときおり舌先で唇を舐めるのだ。口では「ダメ」と言っているが、愛撫に酔っているようにしか見えない。

揉んでいるうちに気持ちが高揚して、乳首しか目に入らなくなる。刺激を欲するように、ビンビンに屹立《きつりつ》しているのだ。佳宏は顔を寄せると、硬くなった乳首にむしゃぶりついた。

「あああッ、そ、それは……」

絵菜の唇から甘い声がほとばしる。

思わずといった感じで、佳宏の頭を両腕で抱きしめた。結果として赤子に乳房を与えているような格好だ。それならばと遠慮することなく、舌を乳首に這いまわらせた。

「え、絵菜さんっ……うむっ」

「い、いけないわ、そんなこと……あああッ」

絵菜は首を左右に振りたくる。

口では拒絶しているが、乳首はさらに硬くなった。隆起したことで感度が増したのか、舌を這わせるたびに身体がピクピク反応する。両手で佳正の髪をかき乱して、乳首を舐められる快楽に流されている。

（す、すごい……すごいぞ）

興奮で頭のなかがまっ赤に染まる。乳首に唾液をたっぷり塗りつけては、ジュルルッと音を立てて吸いあげた。

女体が敏感に反応するから、愛撫にますます熱が入った。

両手で乳房を揉んで、指先をめりこませる。双つの乳首を交互にしゃぶり、舌先でねちっこく転がせば、絵菜の身体が小刻みに震え出す。さらには不意を突くように前歯を立てて甘噛みした。

「あうッ、そ、それは……あああッ」

絵菜の声がいっそう大きくなる。

腰をくねらせて抵抗するが、乳首はこれ以上ないほど硬くなっている。本人は決して認めないが、興奮しているのは間違いない。それが手に取るようにわかるから、佳宏は堂々と愛撫を継続する。

「すごく硬くなってますよ」

「あンっ、そ、そんなはず……」

「ほら、こんなに」

再び前歯で甘噛みすると、女体がビクッと跳ねあがる。その直後に舌でやさしくねぶれば、絵菜の唇から甘い声が溢れ出した。

「ああンっ、も、もう、許して……」

スカートのなかで内腿をもじもじと擦り合わせている。

もしかしたら、絵菜も我慢できなくなっているのではないか。彼女の興奮が伝わり、佳宏はスカートに手を伸ばした。

「そ、そこは……」

絵菜が慌ててスカートを押さえる。

こんなに感じているのに、まだ理性が働いているらしい。いや、ここまで許した時点で、理性は崩壊しているのではないか。それでも、人妻の貞操観念から最後の抵抗を試みているのだ。

「もう、我慢できません」

強引にスカートをまくりあげていく。無駄毛のない白い臑《すね》とつるりとした膝《ひざ》が露になる。しかし、絵菜は意外にも強い力で抵抗して、スカートを押さえつけている。

「そ、それ以上は……お願い」

涙声で懇願されると、心の奥がチクリと痛んだ。

だが、欲望はしぼむどころか、さらにふくらんでしまう。絵菜のすべてを見てみたい。裸に剝《む》いて、いきり勃ったペニスで貫きたい。思いきり腰を振り、白く濁った欲望をたっぷり注ぎこみたい。

「絵菜さんっ」

セックスすることを考えると、理性が完全に吹き飛んだ。

セーターを頭から抜き取り、ブラジャーも引き剝がす。これで絵菜の上半身はまる見えだ。勢いのままベッドの上に押し倒すと、スカートを一気に引きさげて脚から抜いた。

露になったのは、ブラジャーと同様の地味なパンティだ。飾り気のない白い布地が、股間にぴったり貼《は》りついていた。

十七年前、偶然見てしまったパンティが脳裏に浮かぶ。純白でピンクの小さなリボンがついたパンティだ。わけがわからないまま、胸の鼓動が速くなったことだけは覚えている。

そして今、手を伸ばせば届くところに絵菜がいる。パンティどころか、その中身さえも拝むことができるのだ。

「え、絵菜さん……」

興奮のあまり声が震えている。

すべてがほしい。絵菜のすべてを自分だけのものにしたい。独占欲が湧きあがり、呼吸が異常なほど荒くなった。

「ま、待って、落ち着いて……」

絵菜の声を無視して、白いパンティに指をかける。

抵抗する彼女の手を振り払うと、躊躇することなくおろしていく。ふっくらとした恥丘が露になる。魅惑的な白い丘陵には、楕円形に整えられた漆黒の陰毛がそよいでいた。

「あぁっ……」

絵菜の瞳は潤んで、耳までまっ赤に染まっている。パンティをつま先から抜き取られて、ついに生まれたままの姿になったのだ。

内腿をぴったり閉じて、くびれた腰をくねらせている。右手で乳房を覆っているが、たっぷりした柔肉は隠しきれない。股間にかぶせている左手の指の間からは、黒々とした陰毛が溢れている。

「佳宏くん……お願いだから……」

懇願する弱々しい声が、なおさら牡の欲望を刺激する。

膝をつかむと、左右にググッと割り開く。絵菜は力をこめて抗うが、男の腕力に敵《かな》うはずがない。白い内腿が露になり、さらにはサーモンピンクの陰唇が剝き出しになった。

「あぁっ、そ、そんな……」

絵菜は両手で股間を隠すが、それはそれで恥ずかしいらしい。すぐに手を離して顔を覆った。

「こんなに濡らして……」

陰唇はたっぷりの華蜜で濡れ光っている。乳房への愛撫で感じていたのは間違いなかった。

「夫にしか見せたことないのに……」

羞恥《しゅうち》にまみれた声が、佳宏の鼓膜を振動させる。

それは衝撃的なひと言だった。どうやら、夫にしか裸を見せたことがないらしい。それは夫しか男を知らないということだ。

大切な処女をささげて結婚した。

それほど宣継を愛していたのだろう。最近は奔放なタイプが増えたが、絵菜のように古風な女性も存在するのだ。しかし、彼女の愛情があの男に向けられていたと思うと胸がチクリと痛んだ。

（そこまでして、あんなやつに……）

宣継の顔を思い出すと、苛立ちと嫉妬がこみあげる。

自分のほうが先に出会ったのに、横取りされた気分だ。そのくせ、宣継は妻を蔑ろにしているのだ。絶対に許せない。そう思うと同時に、絵菜をなんとしても自分のものにしたくなった。

（絵菜さんは俺のものだ……）

佳宏も慌ただしく服を脱ぎ捨てて裸になる。

ペニスは隆々と勃起して、先端は我慢汁で濡れ光っていた。かつてないほど大きくなっている。それだけ激しく昂っているということだろうか。とにかく膝立ちになり、男根を誇示するように股間を突き出した。

「こんなに大きいなんて……」

絵菜は潤んだ瞳で見あげる。そして、首を左右にゆるゆると振った。

「そ、それだけは、許して……」

頬の筋肉がひきつっている。

ペニスの大きさに恐れおののいているのか、それとも不貞を働く罪悪感に苦悩しているのか。いずれにせよ、絵菜が股間を濡らしているのは事実だ。ペニスを受け入れる準備は整っているのだ。

（やってやる……）

佳宏は心のなかでつぶやいた。

女性経験はひとりだけだ。交際していた恋人と何回か身体を重ねたが、それはもう何年も前の話だ。うまくできるか自信はないが、とにかく絵菜とひとつになりたい。熱い想いが佳宏を突き動かしている。

正常位の体勢で覆いかぶさろうとする。そのとき、ふいに絵菜が手首をつかんで強く引いた。

「ちょ、ちょっと……」

佳宏はバランスを崩して、絵菜の隣に倒れこんだ。

ちょうど添い寝をするような体勢になっている。その直後、彼女のほっそりした指が張りつめた太幹にするりと巻きついた。

「ううっ」

「これで許して……」

絵菜は懇願するようにささやくと、ペニスをしごきはじめる。

我慢汁が付着しているため、ヌルヌル滑るのがたまらない。瞬く間に快感がふくれあがり、全身の筋肉に力が入った。

「くうッ、な、なにを……」

「わたしには夫がいるの。だから……」

絵菜は悲しげにつぶやき、手の動きを少しずつ加速させる。

我慢汁が潤滑油となっているため動きはスムーズだ。ほっそりした指が太幹を擦りあげて、敏感なカリ首を連続して摩擦する。力んだ体が感電したように震えてしまう。快感の波が次から次へと押し寄せて、新たな我慢汁がドクドクと湧出した。

「ううッ、そ、そんなにされたら……」

「どうか、これで……ごめんね」

絵菜は目を見つめながら、ペニスをやさしく強くしごきつづける。

すでに自慰行為で得られる快感を凌駕《りょうが》しており、頭のなかがまっ赤に染まっている。

「そ、それ……ダ、ダメですっ」

全身汗だくになりながら、必死に耐えつづける。

しかし、絵菜にしごかれていると思うと、感度は何倍にもアップする。経験したことのない快感に流されて、彼女の手を振り払うことができない。そんなことをしている間に、射精欲が破裂寸前まで膨張した。

「大きくなったみたい……それに硬い……」

「ま、待って……ううッ」

このままだと暴発するのは時間の問題だ。

強烈な愉悦がひろがっているが、これは求めているものとは違う。絵菜とひとつになって射精したい。深くつながり、快楽を共有したい。

「え、絵菜さん……くうぅッ」

一刻の猶予もならないほど追いこまれている。

愛撫を中断させようとして、絵菜の手首をつかんだ。ところが、快感で全身が痺れて力が入らない。絵菜は構うことなく、ペニスをしごきつづける。射精欲がさらに大きくなり、我慢汁がとまらなくなった。

「うううッ、そ、それ以上は……」

「お願い、出して……このまま出して……」

絵菜が懇願するようにつぶやいた。

その声が引き金となり、快感が限界を突破する。絵菜の手のなかでペニスが跳ねて、先端から熱い精液が噴きあがった。

「くうぅッ、で、出るっ、ぬおおおおおおッ！」

全身がビクビクと震えて、唸り声を振りまいた。

精液が尿道を駆け抜ける愉悦で、頭のなかが灼《や》きつくされていく。全身の細胞が沸騰したような感覚に包まれる。無意識のうちに股間を突き出して、ペニスをしごかれる快楽に身をゆだねていた。

「ああっ、すごい……」

絵菜が喘《あえ》ぐようにつぶやき、射精している間もペニスをしごきつづける。全身の筋肉がひきつり、四肢の先までピーンッと伸びきった。快感はさらに大きくなり、精液が二度三度と何回にもわけて噴出した。

「おおおッ……おおおおおッ」

低い声で唸っては、腰を情けなくしゃくりあげる。

これほどの悦楽はかつて経験したことがない。手でしごかれただけなのに、恋人とのセックスをはるかにうわまわる快感が全身を駆けめぐった。頭のなかがまっ白になり、全身汗だくになりながら欲望を放出した。

「こんなにたくさん……」

絵菜の声が遠くに聞こえる。

噴きあがった大量の白濁液は、自分の腹だけではなく、絵菜の白い腰にも飛び散っていた。

「まだ、硬いわ」

「くううっ……」

細い指は竿《さお》にからみついたままだ。半萎《な》えになっても、最後の一滴まで絞り出すようにしごいている。

すべてを吐き出させて、佳宏の欲望を抑えるつもりかもしれない。

そこまでされなくても充分満足している。絵菜にしごかれたことで、たっぷり放出して快楽の余韻に浸っていた。それなのに、絵菜はザーメンにまみれた竿をゆったりと擦りつづけている。

「硬い……硬いわ」

「も、もう……」

かすれた声しか出すことができない。

くすぐったさをともなう快楽が継続している。腰の震えがとまらず、ペニスの先端からは透明な汁しか出なくなっていた。

第二章　力ずくの純愛

1

絵菜とひとつになることはできなかった。

昨夜は射精して満足感に浸っていたが、今朝になって目が覚めると虚《むな》しさが胸にひろがっていた。

（まずかったかな……）

ベッドで横になったまま天井をにらみつける。

絵菜を慰めているうちに、欲望を抑えられなくなった。抗ってはいたが、受け入れてもらえると思った。

強引なところもあったが、絵菜が感じていたのは事実だ。たっぷりの華蜜で濡らしていたのを確認している。しかし、挿入は許してくれなかった。最後の一線は越えないという意志の強さが感じられた。

人妻だから貞操を守るのは当然のことかもしれない。だが、拒絶された淋しさが佳宏を苦しめていた。

明け方近く、絵菜がそっと帰っていったのを知っている。

身なりを整えている時点で気づいたが、声をかけることができなかった。とにかく、拒絶されるのを恐れていた。壁のほうを向いて横たわり、狸寝入り《たぬきねい》りをつづけるしかなかった。

（あのあと、旦那のところに帰ったんだよな……）

黙って帰してしまったが、今になって心配になっている。

昨夜、絵菜は旦那に怒鳴られて家を飛び出した。そのまま離れで佳宏とともに一夜を過ごして帰らなかったのだ。旦那は浮気をしているくせに、束縛が激しいと聞いている。

（もし、俺といっしょにいたことがばれたら……）

誰にも見られていないはずだが、万が一ということもある。どこかで旦那の耳に入ったら、激怒するのは間違いない。

シャワーを浴びると、とりあえず母屋に向かう。

絵菜のことが心配でならないが、落ちこんでいる祖母も放《ほう》ってはおけない。叔母がいるとはいえ、まかせっきりにするわけにはいかないだろう。

「おはようございます」

引き戸を開けて声をかける。家にあがって居間に向かうと、祖母と叔母が朝食を摂っていた。

「あら、おはよう。佳宏ちゃん、座って。すぐに準備するから」

叔母はにっこり微笑《ほほえ》むと、立ちあがって台所に向かった。

「おや、なにかいいことがあった顔をしてるね」

祖母は味噌汁《みそしる》をうまそうに飲むと、入れ歯をモゴモゴさせながら、糸のように細い目で佳宏の顔を見つめた。

「な、なんのことかな……」

懸命に平静を装いながら座卓の前に座った。

祖母は昔から勘がいい。もしかしたら、昨夜のことを見抜いているのかもしれない。しかし、昨夜は佳宏の願いが叶ったわけではなかった。

「焦るでない」

「なにも焦ってないって……」

佳宏は即座に否定するが、祖母はまったく聞いていない。まるで心のなかを探るように、じっと見つめている。

「今、叶わなくても、いつの日か叶うだろうよ」

淡々とした声でつぶやくと、祖母は食事を再開する。塩鮭《しおざけ》を箸《はし》で器用にほぐすと、白いご飯といっしょに口へ運んだ。

(それって、もしかして……)

絵菜のことを言っているのだろうか。

気にはなるが、あらためて質問するつもりはない。絵菜のことは真剣に考えている。ほかの人の言葉に左右されず、しっかり向き合うつもりだ。

「お待たせしました」

すぐに叔母がお盆を手にして居間に戻った。そして、料理の皿を佳宏の前に手早く並べた。

「ありがとうございます」

塩鮭と納豆と漬物、それに白いご飯と味噌汁だ。ひとり暮らしなので、朝からしっかり食べるのは久しぶりだ。

「うまそうだな。いただきます」

さっそく味噌汁のお椀《わん》に口をつける。

朝の味噌汁は、どうしてこんなにうまいのだろうか。寒くなってきたせいか、なおさら骨身に染みる気がした。

「ばあちゃん、元気になったみたいですね」

ボケてしまうのではないかと心配していたが、どうやら大丈夫そうだ。持ち前の勘もしっかり戻っていた。

「そうなの。食欲が出たみたいで安心したわ」

叔母が安堵した笑みを浮かべる。その隣で、祖母は塩鮭をほぐしては、うまそうに食べていた。

2

朝食を摂ると、本屋に行くと告げて外出した。

絵菜のことが心配だ。なにしろ、明け方近くに帰ったのだ。宣継が黙っているとは思えなかった。

県道に出たところで、救急車のサイレンが聞こえた。ちょうど本屋の前を通過して走り去った。

なにかいやな予感がする。

そこに前方から、行商のお婆《ばあ》さんがリヤカーを引きながらやってきた。齢《よわい》七十は越えているだろう。藍色の野良着に手ぬぐいを頭にかぶっている。リヤカーには、きのこや山菜などを山ほど積んでいた。

「今、救急車が走っていきましたけど、なにかあったんですか」

なにか見ているかもしれないと思って尋ねる。すると、お婆さんは歩みをとめることなく口を開いた。

「女の人が運ばれていったよ」

「どんな人でしたか」

「若くてきれいな人じゃった。気の毒にのぉ」

お婆さんは「ナンマンダブ、ナンマンダブ」とくり返しながら、佳宏の横を通りすぎていった。

(そんな、ウソだろ……)

居ても立ってもいられない。

慌てて走り出すと、絵菜の家に向かう。昨夜、飛び出してきたのを目撃しているので場所はわかっていた。本屋の前を通りすぎて路地に入る。すると、すぐに絵菜の家が見えた。

旦那が在宅していても関係ない。インターホンのボタンを乱打する。返事がないので玄関ドアを何度もノックした。

(絵菜さん、無事でいてくれ……)

心のなかで祈りつづける。

とにかく安否が知りたいのに、まったく返事がない。ついついドアをノックする手に力がこもった。

「佳宏くん……」

ふいに名前を呼ばれてはっとする。あたりを見まわすと、絵菜が庭のほうから現れた。

「絵菜さんっ、怪我《けが》はないですか」

思わず駆け寄り、身体中に視線を這いまわらせる。

「怪我なんてしてないけど……どうしたの」

絵菜はきょとんとした顔をしている。

怪我をしている様子はなく、顔色も良好だ。濃紺のフレアスカートに白いブラウスという服装でピンピンしていた。

「よかった。無事だったんですね」

「洗濯物を干していたの」

返事を聞いて安堵する。力が抜けて、その場にへたりこんだ。

「ちょっと、大丈夫っ」

絵菜が慌てて大きな声をあげる。目の前でしゃがむと、佳宏の両肩にやさしく手を添えた。

「なにがあったの」

「救急車が走っていくのを見かけたから、てっきり絵菜さんが怪我をして運ばれたのかと……」

なんとか言葉を絞り出す。

宣継の言動を思い返すと不安が募る。今は怒鳴るだけだが、いずれＤＶに発展する気がしてならない。用心するに越したことはない。

「もう、心配性なんだから」

「だって、行商のお婆さんが、女の人が運ばれたって言うから……」

「きっと本屋さんのおばさんね。貧血ぎみでよく倒れるのよ」

めずらしいことではないらしい。絵菜の口調はあっさりしており、それほど心配している感じはしない。

「運ばれたのは、若くてきれいな人だって……」

「本屋のおばさんは五十くらいじゃないかしら」

「全然、若くな――」

途中まで言いかけて、ふと気づく。

行商のお婆さんからすれば、五十歳は若いうちに入るのではないか。すべてが自分の早とちりだとわかり、ますます力が抜けた。

「若くてきれいな人……」

絵菜は独りごとのようにつぶやくと、頬をぽっと赤らめる。照れているのだと気づいて、佳宏も顔が熱くなるのを感じた。

「だ、だって、そうじゃないですか」

羞恥がこみあげるが、今さらごまかせない。赤面しているのを自覚して、少しむきになりながら認めるしかなかった。

「ふふっ……心配してくれたのね。ありがとう」

絵菜は微笑を浮かべている。

やさしげな笑みを向けられるとますます恥ずかしくなり、耳まで赤くなるのがわかった。

「とにかく、あがって」

「でも……」

家のなかには旦那がいるのではないか。すっかり忘れていたが、今、こうして話しているのも危険な気がした。

「夫なら出かけているから大丈夫よ」

絵菜の表情がふと陰った。

「女の人のところに行ってるの。いつも夕方まで戻ってこないから……」

声がどんどん小さくなっていく。絵菜は視線を落とすと、ついには黙りこんでしまった。

3

(ここが絵菜さんの家か……)

佳宏は居間に通されて、座布団の上で胡座《あぐら》をかいている。

かつて絵菜が両親と住んでいた家だ。築年数は経っているようだが、手入れは行き届いている。畳には塵《ちり》ひとつ落ちていない。座卓もピカピカで、ガラス戸から射《さ》しこむ日の光を反射している。

庭に視線を向ければ、物干し竿にかかっている洗濯物が、風に吹かれて静かに揺れている。

絵菜の家庭的な一面を垣間見《かいまみ》て、ますます想いがふくらんだ。

なにも知らなければ、人妻として幸せに暮らしているように見えたかもしれない。しかし、実態はまったく違う。絵菜は夫に浮気をされて、ひどい扱いを受けている。幸せとはほど遠い生活である。

(助けたいけど……)

気持ちはあるが、経済的な余裕がない。

宣継はトレーダーとして、かなり稼いでいるらしい。昨夜、家の前にベンツが停《と》まっていたのを目撃している。居間のなかをさっと見まわしてもエアコンは新品で、壁には大画面の液晶テレビが設置されていた。

おそらく、ほかの部屋にも最新の家電がそろっているに違いない。悔しいけれど、収入の面では圧倒的に負けている。

仮に絵菜が離婚したとしても、今と同じ生活を提供することはできない。現実問題として、絵菜に別の苦労をかけることになってしまう。そう思うと、離婚して自分といっしょになってほしいとは言えない。

(そもそも、告白もしてないんだよな……)

先走っている自分に気づいて苦笑する。

それに絵菜の気持ちも確認したわけではない。少なくとも嫌われてはいないと思う。だが、恋愛感情があるかどうかとなると話は別だ。

男は情熱だけで押しきろうとするが、女性は生活のことを冷静に考えるものではないか。恋愛経験が豊富なわけではないが、佳宏も二十九歳の大人だ。男女の違いについて、少しくらいはわかっているつもりだ。

だからといって、あきらめられるはずがない。はじめて出会った日から、ずっと想いつづけている。奇跡の再会をはたしたことで、気持ちはさらに盛りあがっていた。

「佳宏くん、甘いものは好きかな」

絵菜がトレーを手にして戻ってきた。

座卓を挟んで向かい側に座ると、座布団の上で正座をする。そして、ティーカップと籠《かご》に乗っているマフィンを並べてくれた。

「うまそうですね。甘いもの、大好きです」

ふっくらとしたマフィンから、いい香りが漂っている。匂いだけで口のなかに涎《よだれ》がたまった。

「よかった。さっき焼いたの。お口に合えばいいけど」

絵菜はそう言って勧めてくれる。

手作りのマフィンだと聞いて、ますます食べたくなった。佳宏は紅茶をひと口飲むと、さっそくマフィンをいただいた。

「うまいっ」

思わず大きな声が漏れる。

間違いなく人生で最高のマフィンだ。適度な焼き加減で外は香ばしいのに、なかはしっとりしている。口いっぱいにひろがる甘みが、幸せな気分に浸らせてくれるのだ。絵菜が焼いたと思うせいか、とにかく絶品であっという間に食べてしまった。

「そんなに慌てなくても、たくさんあるわよ」

絵菜がマフィンを皿に取ってくれた。

「夫は甘いものが嫌いなの。匂いがするだけで不機嫌になるから、ひとりになったときに焼いてるのよ」

さらりと言うが、絵菜の瞳には淋しさが滲《にじ》んでいた。

ひとりになるのは、宣継が浮気をしているときに違いない。絵菜はどういう気持ちでマフィンを焼くのだろうか。

ひとりでぽつんとオーブンの前に立っている絵菜の姿を想像すると、気の毒になる。お菓子作りが趣味だとしても、決して楽しい時間ではないはずだ。むしろ淋しさが募るのではないか。

「今朝、帰ってから怒られませんでしたか」

気になっていたことを尋ねる。

絵菜が帰ったのは明け方近くだったので、宣継が激怒したのではないかと気になっていた。

「あの人はいなかったわ。昨夜、わたしが家を飛び出したあと、すぐに出かけたはずよ」

どこか突き放したような言いかただ。

宣継は気に入らないことがあると、女のところに行くらしい。そして、翌日の夕方まで戻らないという。

「ひどいな……」

つい本音がぽろりとこぼれてしまう。だが、直後に失敗したと思って、慌てて頭をさげた。

「すみません。よけいなことでした」

いくら事実だとしても、夫のことを他人に悪く言われるのは気分がよくないだろう。

「いいの……」

そのひと言に、絵菜の気持ちがこめられている気がした。

睫毛をそっと伏せて、首をゆるゆると左右に振る。淋しさと悲しさが色濃く滲んだ表情を浮かべていた。

「だから、昨夜は……」

絵菜はそこで言葉を呑みこんだ。

すでに見切りをつけているのかもしれない。だから、佳宏にあそこまで許したのではないか。

（絵菜さん、そうなんですか）

心のなかで問いかける。

もし、昨夜の時点で絵菜が離婚していたら、どうなっていたのだろうか。すべてを受け入れてくれた可能性もある。

(ああっ、絵菜さん……)

美しい裸体は瞼《まぶた》の裏に焼きついている。

たっぷりした乳房にくびれた腰、それに肉づきのいい尻は、まるでヴィーナスのように眩《まばゆ》かった。

さらには楕円形に手入れされた陰毛とサーモンピンクの陰唇も、瞬時に思い出せる。あの割れ目にペニスを埋めこんで腰を振ったら、どれほどの快感が湧きあがるのだろうか。

「はぁ……」

絵菜が微かに息を漏らした。

座卓の上に置いた右手で、棒状にまるめた布巾《ふきん》を握っている。佳宏のペニスをしごいたときのように、細い指をしっかり巻きつけていた。

(もしかしたら……)

絵菜も昨夜のことを思い出して、昂っているのではないか。

視線が重なり顔が熱くなる。佳宏が顔を横に向けると、絵菜も頬を赤く染めてうつむいた。

「紅茶のお代わりを……」

気まずくなったのか、絵菜がつぶやいて立ちあがる。

「いえ、お構いなく……」

佳宏もつられて腰を浮かせたとき、膝が座卓にぶつかった。

ティーカップが思いのほか大きな音を立てて、紅茶が勢いよく溢れる。座卓を濡らしただけではなく、チノパンにもかかってしまった。

「大変っ」

絵菜が慌てて座卓をまわりこみ、佳宏の前でひざまずく。そして、布巾でチノパンを拭《ふ》きはじめた。

「自分でやりますから……」

紅茶がかかったのは、ちょうど股間のあたりだ。そこを布巾で拭かれると、刺激がペニスに伝わってしまう。ところが絵菜は気づいていないのか、懸命にチノパンを拭いている。

「火傷《やけど》をしたらいけないから」

「そんなに熱くなかったですよ」

紅茶はだいぶ冷めていたので、火傷をするほどではない。それより服の上からペニスを擦られるほうが気になった。

「も、もう、大丈夫です」

「わたしのせいで佳宏くんが火傷をしたら……」

「火傷をしても、絵菜さんのせいではありませんよ」

「いえ、わたしのせいよ……」

いつしか絵菜は涙ぐんでいた。

それほどまでに心配されているとわかり、うれしさがこみあげる。それと同時に、ペニスがむくむくと頭をもたげはじめた。

「ほ、本当に、もう……」

これ以上の刺激を与えられたら、本格的に勃起してしまう。腰を少し引いてつぶやくが、絵菜はまだ布巾で拭いている。

「うっ……」

佳宏の口から小さな声が溢れ出す。

その直後、絵菜の動きが急にとまった。布巾はチノパンの股間に押し当てたままだ。

絵菜の頬がひきつっている。しばらく凍りついたように固まっていたが、やがて恐るおそるといった感じで布巾を股間から離す。そして、チノパンの股間を目にすると、布巾を畳の上にポトリと落とした。

（やばい……最悪だ）

羞恥がこみあげて逃げ出したい衝動に駆られる。

自分の股間を見おろせば、チノパンの前があからさまにふくらんでいた。ペニスの形が浮かびあがっており、勃起しているのは一目瞭然《いちもくりょうぜん》だ。絵菜が火傷を心配していたことを思うと、申しわけない気持ちになった。

「す、すみません……」

小声で謝罪するが、絵菜は股間を見つめたまま黙りこんでいる。聞こえなかったのだろうか。もう一度、謝ろうとしたとき、絵菜の唇がゆっくり開いた。

「これも、わたしのせいね」

布巾の刺激で勃起したと気づいたらしい。ようやく股間から視線をそらすと、恥ずかしげに頭をさげた。

「ごめんね……」

絵菜の顔はまっ赤に染まっていた。

自分の行為が愛撫になっていたと悟り、激しい羞恥に震えている。そんな絵菜の姿を目の当たりにして、ペニスはますます硬くなった。

4

「絵菜さんだから、こんなに硬くなったんですよ」

佳宏は意を決して語りかけた。

「わたしだから……」

「ほかの人だったら、こんなことにはなりませんでした」

この話題をひろげるのが適切だとは思っていない。しかし、とにかく今は距離を縮めるきっかけがほしい。

絵菜は貞操を大切にする女性だ。

きっと離婚するまで、夫以外の男を受け入れない。すでに気持ちは夫から離れているが、それでも結婚という形に縛られている。現に今も、左手の薬指にはリングが光っているのだ。

だからこそ、なにか理由が必要だ。なんとか絵菜を納得させて、今日こそ受け入れてほしかった。

「俺の気持ち、わかってくれますよね」

「急にそんなことを言われても……」

絵菜は困惑の声を漏らした。

思いがけず勃起させてしまったことで、混乱しているらしい。今なら勢いで押しきれる気がした。

「とりあえず、干してもらってもいいですか」

佳宏は濡れたチノパンをおろして脚から抜き取った。

グレーのボクサーブリーフには、勃起したペニスの形が浮かんでいる。昨夜は直《じか》に見られているが、頭のなかが燃えあがるほど興奮していた。冷静な今のほうが、羞恥はずっと大きい。

「そ、そうね……」

絵菜は動揺を懸命に隠しながら、こっくりうなずいた。

チノパンを受け取るが、ボクサーブリーフの股間をチラチラ見ている。昨夜のことを思い出しているのかもしれない。いつしか瞳がねっとり潤んで、熱い吐息吐息を漏らしはじめた。

(いける……いけるぞ)

手応《てごた》えを感じて、ボクサーブリーフに視線を向ける。

浮かびあがったペニスの先端に黒いシミがひろがっていた。紅茶ではなく、我慢汁なのは明らかだ。しかし、佳宏はボクサーブリーフに指をかけると一気に引きさげた。

「これも濡れてるから干さないと」

押さえがなくなり、ペニスがブルンッと跳ねあがる。

亀頭は破裂しそうなほど張りつめて、竿も野太く成長していた。先端は我慢汁にまみれており、濃厚な牡の臭《にお》いがふわっとひろがった。

「な、なにをしてるの……」

絵菜が慌てて視線をそらす。ペニスを鼻先に突きつけられて、激しく動揺している。

「パンツを干したいだけです」

「だ、だからって……ああっ、困るわ」

絵菜は横座りをすると、顔をペニスから遠ざける。

人妻なのに処女のような反応だ。決して恥じらいを忘れないところに、牡の欲望がもりもり刺激された。

「昨日みたいに、手でやってもらえませんか」

あくまでも低姿勢でお願いする。

一度やったことは、ハードルが低くなっているのではないか。まずは手でしごいてもらって、なし崩しでセックスに持ちこむつもりだ。昨夜のように自分が快楽に流されなければ、うまくいくと踏んでいる。

「どうして、そんなこと……」

「男はこうなったら射精しないと治まらないんです」

押し倒したいのをこらえて切々と訴える。

ところが、絵菜は顔をそむけたまま首を左右に振り、こちらをいっさい見ようとしない。

「やっぱり、いけないわ。昨日のことは忘れて……」

「どうしてですか。俺、本気で絵菜さんのことを想ってるんですっ」

つい言葉に熱が入る。しかし、絵菜は意志の強さを示すように、唇を真一文字に引き結んだ。

ひと晩経って冷静になり、罪悪感に襲われたのかもしれない。

しかし、こうしている間も、旦那は浮気相手と会っているのだ。今まさにセックスをしている最中かもしれない。それなのに、絵菜は愛撫することもきっぱりと拒絶した。

(どうして……)

思わず奥歯をギリッと嚙んだ。

頑《かたく》な態度を取られると、自分を否定された気分になる。想いが伝わらないもどかしさが募り、苛立ちに変わってきた。

絵菜を見向きもしない旦那より、自分のほうがずっと想っている。だが、絵菜は佳宏を受け入れず、妻として貞操を守ろうとしている。

(クソッ……)

一方的に気持ちを押しつけても意味はない。

頭ではわかっている。だが、この機会を逃したら、また絵菜が遠くに行ってしまいそうで恐ろしい。やっと再会できたのに、絵菜が心を閉ざしているように感じて悲しくなった。

「絵菜さんっ」

ふくらみつづける想いを抑えられない。絵菜の肩をつかむと、畳の上に押し倒した。

「ああっ、ダメよ」

絵菜は抗いの声を漏らして、潤んだ瞳を向けている。

意外なことに逃げようともせず、ただ佳宏の顔をじっと見つめていた。抵抗しても無駄だと悟っているのだろうか。とにかく仰向《あおむ》けになって、四肢を力なく投げ出している。

「絵菜さんとひとつになりたいんです」

「い、いけないわ……わかるでしょう」

「もう、我慢できないんですっ」

魂が震えるほど欲している。

それなのに、どうしてわかってくれないのか。苛立ちと欲望がまざり合い、激しいうねりとなって佳宏のなかで渦巻いた。

ブラウスのボタンをすべてはずすと、前を大きくはだけさせる。白いブラジャーに包まれた乳房が露になり、絵菜が慌てて身をよじった。

ブラジャーの縁には、ささやかなレースがあしらわれている。昨夜は地味なデザインだったが、今日は派手さはないものの華やかな印象だ。なにか心境の変化でもあったのだろうか。

(昨夜のことが影響してるんじゃ……)

ふと、そんな考えが脳裏に浮かんだ。

佳宏は欲望を抑えきれずに押し倒して、絵菜の身体をまさぐった。絵菜は抵抗したが、身体は確実に反応していた。

宣継の妻である前に、女であることを思い出したのではないか。そして、なにかが起きることを、心の片隅で期待していたのではないか。だから、無意識のうちに華やかな下着を選んだのではないか。

(もし、そうだとしたら……)

いっさい遠慮する必要はない。

絵菜の背中に手を滑りこませてホックをはずすと、躊躇することなくブラジャーを押しあげた。

「あぁっ……」

絵菜の唇から羞恥の声が溢れ出す。

眉を歪めて今にも泣きそうな顔になり、両手で乳房を覆い隠した。だが、佳宏は手首をつかんで引き剝がすと、畳の上に押さえつける。再び露出した乳房がタプンッと弾んだ。

仰向けになっても張りがあり、お椀のような形を保っている。桜色の乳首もツンッと上を向いていた。

（なんて、きれいなんだ……）

昨夜も見ているが、色褪《いろあ》せない感動がこみあげる。

これ以上、美しい乳房は存在しないのではないかと本気で思う。なめらかな肌が織《お》りなす曲線が、神々しいまでの丘陵を形成している。頂点に鎮座する乳首も愛《いと》おしい。奇跡と呼ぶにふさわしい乳房だ。

「そ、そんなに見ないで……恥ずかしいの」

絵菜はまっ赤に染まった顔をそむけてつぶやいた。

そうやって恥じらう姿が、佳宏の欲望に火をつける。女体に覆いかぶさり、いきなり乳房にむしゃぶりついた。

「ああンっ、そ、そんな……」

乳首を口に含んで舌を這わせれば、絵菜の唇から甘い声が響きわたる。

まるで期待していたように身体が反り返り、瞬く間に乳首が硬く充血してぷっくり屹立した。

「ああっ、ダ、ダメよ」

「うむむっ、絵菜さんっ、むうううっ」

佳宏は唸り声をあげて、双つの乳首を舐めつづける。

美しいから穢《けが》したくなってしまう。完璧《かんぺき》な形を保っている乳房をめちゃくちゃに揉んで、乳首に唾液をたっぷり塗りつける。さらにはジュルルッと吸いあげては、硬くなったところを前歯で甘嚙みした。

「あううッ、ら、乱暴にしないで……」

絵菜が涙目になって懇願する。

それならばと、乳房をゆったり揉んで、唾液で濡れた双つの乳首を指先でそっと摘まんだ。そして、こよりを作るように転がすと、女体に小刻みな痙攣《けいれん》が走り抜けた。

「あっ……あっ……」

絵菜の眉がせつなげに歪んで、唇から切れぎれの声が溢れ出す。乳首はますます硬くなり、感度が明らかにアップした。

「こうやって、やさしくすればいいんですね」

「そ、そういうことでは……」

「もっとやさしくですか。わかりました」

佳宏は勝手に解釈すると、乳首に舌をねっとり這わせる。口に含んで唾液をまぶしては、決して痛みを与えないようにネロネロと転がした。

昨夜の経験があるので、少しは余裕を持って愛撫できる。興奮しているのは同じだが、まだ理性は飛んでいない。なんとか欲望をコントロールしながら、快楽を与えることに集中した。

「はあンっ、そんなにやさしくされたら……」

「やさしいのが好きなんですよね」

乳首に唾液を塗りつけては、そっと吸いあげる。首スジや腋《わき》の下にも舌を這わせて、とろ火で炙《あぶ》るような愉悦を送りこんだ。

「あンっ、ああンっ……ダ、ダメ……」

絵菜の声がどんどん艶を帯びてくる。時間をかけた愛撫で、性感が蕩けはじめていた。

身体から力が抜けている。もう、押さえつけている必要はなかった。

ブラウスとブラジャーを完全に取り去り、スカートも引きさげる。恥丘に貼りついているのは、ブラジャーとお揃《そろ》いのパンティだ。白くて縁がレースで彩られている。昨夜より面積が小さく、サイドの部分が細くなっていた。

「ああっ、すごく色っぽいですよ」

感情が高まり、熱に浮かされたように口走る。

パンティに指をかけると、絵菜は膝を寄せてささやかな抵抗を試みる。とはいえ、さほど力は入っていない。構うことなく引きおろして、むちっとした太腿の表面を滑らせていく。

「お、お願い、脱がさないで……」

絵菜が震える声で懇願する。

しかし、佳宏は聞く耳を持たず、最後の一枚をつま先から抜き取った。ついに白い肌が隅々まで露になる。双つの乳房はもちろん、陰毛がそよぐ恥丘も剝き出しになった。

佳宏も服をすべて脱ぎ捨てて裸になる。

ペニスはますます反り返り、大量の我慢汁が溢れていた。早くひとつになりたいが、焦りは禁物だ。昨夜はここから不意打ちの愛撫を受けて、あっさり撃沈させられた。

（今日は絶対に……）

佳宏は決意を新たにする。

なんとしても最後まで行くつもりだ。

逸る気持ちを抑えると、絵菜の下半身に狙《ねら》いを定める。つるりとした膝をつかんで、左右にじりじりと割り開いた。

5

「ま、待って……」

絵菜が我に返って声をあげる。

しかし、すでに両膝は離れており、白くて柔らかそうな内腿が見えていた。さらに力をこめて、下肢を大きく割り開く。黒々とした陰毛の下にあるサーモンピンクの陰唇が剝き出しになった。

「ああっ、ダ、ダメっ、こんな格好……」

絵菜は慌てて両手を股間に伸ばす。涙を浮かべながら、秘めたる部分を懸命に覆い隠した。

見えたのはほんの一瞬だったが、陰唇がたっぷりの華蜜で濡れているのは間違いない。乳首への執拗《しつよう》な愛撫で性感が蕩けて、本人の意志とは関係なく大量の蜜汁を垂れ流していたのだ。

「隠さなくてもいいじゃないですか」

佳宏は膝を押さえつけたまま前屈《まえかが》みになり、股間に顔を近づける。大きく息を吸いこめば、チーズにも似た香りが鼻腔に流れこんだ。

「絵菜さんの匂いがします」

「そ、そんなところ、嗅《か》がないで……」

絵菜は股間を両手で隠したまま、首を左右に振っている。

そうやって恥じらう姿が、牡の欲望をますます煽り立てた。ペニスは痛いくらいに張りつめて、先端から我慢汁を滴らせていた。鎌首をもたげたコブラのように、獲物をにらみつけてゆらゆらと揺れている。

「隠しても無駄ですよ」

股間を覆っている手の上からむしゃぶりつく。細い指の隙間《すきま》に舌先をねじこんで、唾液のヌメリを利用しながら少しずつ押し進める。

「ま、待って……そ、それはダメよ」

「うむっ」

絵菜が抗いの声を漏らすと、さらに興奮が加速した。

なんとしても絵菜の股間を舐めるつもりだ。クンニリングスの経験は一度しかなく、しかも興奮して失敗した苦い記憶がある。つい力が入ってしまって、恋人に痛いと怒られたのだ。

(とにかく、やさしく……)

そう自分に言い聞かせて、絵菜の指の隙間に舌を押しこんでいく。

すでに細い指は唾液にまみれている。そこに滑りこませれば、やがて舌先が柔らかい部分に到達した。

「はあああッ」

軽く触れただけなのに、絵菜の反応はこれまでと比べものにならないくらい激しい。身体を仰《の》け反らせて、いきなり喘ぎ声を振りまいた。

(や、やった。ついに絵菜さんのアソコを……)

感動と興奮がこみあげて胸が熱くなる。

しかし、ここからが大切だ。丁寧かつ慎重に愛撫して、絵菜を思いきり感じさせたい。できることなら、自分の手で絶頂に追いあげたい。そして、最終的にはペニスで貫きたい。

「ここが気持ちいいんですね」

指の間で舌を動かしながら語りかける。

舌先が触れているのは陰唇だ。唾液だけではなく、愛蜜のヌメリも確かに感じる。すでに濡れているので、強すぎず弱すぎず、ちょうどいい感じで舌先がスライドした。

「そ、そんなところ、汚いから……」

「絵菜さんの身体に汚いところなんてありません」

「あああッ、な、舐めないで……」

絵菜が困惑した声でつぶやき、腰を右に左にくねらせる。

口では抗っているが、身体の反応は抑えられない。舌先で陰唇を舐めあげるたび、白くて平らな腹が波打った。

「こ、こんなこと、夫にもされたことないのに……はンンッ」

絵菜が刺激に翻弄《ほんろう》されながら口走る。

そのセリフが佳宏の心と股間を直撃した。夫にもされたことのない愛撫を、絵菜にほどこしているのだ。あの男にすべてを奪われたと思っていたが、まだ自分にもできることがある。そのことに気づいて興奮が高まった。

「もっと気持ちよくしてあげます。旦那さんがやらなかったことを、俺がたっぷりしてあげますよ」

佳宏は気合を入れて、舌をさらに押しつける。

唾液と愛蜜がまざり合うことで最高の潤滑油となり、舌先が指の間をヌルヌルと滑っていく。深く入りこむことで、より的確に陰唇をとらえていた。慎重かつ大胆に舌を動かして、強い刺激を送りこんだ。

「ああッ、ダ、ダメ……ダメ……」

しつこく舐めまわしていると、絵菜の指が少しずつ開いていく。

時間が経ったことで手に力が入らなくなってきたのか、それとも快楽に流されているのか。とにかく、舌が陰唇にしっかり触れるようになり、蕩けるような柔らかさを感じていた。

「もう、グショグショじゃないですか」

股間に顔を埋《うず》めたまま、くぐもった声で話しかける。

舌を動かすたびに湿った音が居間に響く。女陰は大量の華蜜にまみれて、白くて細い指も濡れ光っていた。

「ち、違うの……ああンっ、違うの」

いくら口で否定しても、濡れているのは事実だ。

絵菜も手で覆っているので、愛蜜のヌメリを感じているに違いない。だからこそ、顔をまっ赤に染めて否定するのだ。

陰唇に触れている舌を小刻みに動かす。高速でチロチロと回転させれば、愛蜜の弾《はじ》ける音が大きくなった。

「はあああッ」

絵菜の内腿に震えが走り、両手から力が抜けていく。そして、ついには股間から離れて、すべてが剝き出しになった。

「すごい、こんなに……」

佳宏は両目をカッと見開いた。

二枚の陰唇は華蜜にまみれており、血行がよくなったのかサーモンピンクが濃くなっている。合わせ目が左右にだらしなく開いて、透明な汁が滾々《こんこん》と湧き出していた。

「うむうううッ」

唸り声をあげながら、蕩けきった女陰にむしゃぶりつく。口を押し当てただけで、恥裂から新たな華蜜がグジュッと溢れた。

「あああッ、そ、そんな……あああッ」

絵菜は喘ぎ声を振りまき、思わずといった感じで佳宏に頭を抱えこんだ。

両手をしっかり後頭部にまわして、自ら股間に引き寄せている。おそらく無意識の行動だ。だからこそ、絵菜の秘められた欲望を感じて、佳宏もますます興奮する。

口を陰唇にぴったり押し当てると、思いきり吸いあげた。膣のなかにたまっていた華蜜が一気に溢れて、口のなかに流れこむ。それを躊躇することなく飲みくだした。

「これが絵菜さんの……うむッ」

「す、吸わないで……はあああッ」

絵菜の反応は凄《すさ》まじい。ブリッジしそうな勢いで仰け反り、生々しい喘ぎ声を振りまいた。

愛蜜を味わったことで、興奮に拍車がかかる。

恥裂の狭間《はざま》に舌を潜りこませると、ねちっこく舐めあげた。割れ目の上端にある突起を発見して、華蜜と唾液をたっぷり塗りつける。そのまま転がしつづけると、腰が小刻みに震え出した。

「そ、そこ、ダメっ、はうううッ」

「ここがいいんですね」

「ち、違うの、そこは敏感だから……あンンンッ」

絵菜の反応を見て確信する。

今、舌で触れている突起はクリトリスだ。舐めまわすことで硬くなり、あからさまに感度がアップする。舌先で軽く弾くだけで、身体が跳ねまわる勢いで反応した。

「はうッ、こ、こんなの……あああッ、こんなのはじめてっ」

絵菜は両手で佳宏の頭を抱えて、股間をググッと突きあげる。

もはや快楽に支配されているのは間違いない。愛蜜を垂れ流しながら、あられもない喘ぎ声を振りまいた。

「あああッ、も、もう許してっ」

「うむうううッ」

絵菜の反応に気をよくして、硬くなったクリトリスを吸引する。ジュルルッという淫《みだ》らな音に、絵菜のよがり泣きが重なった。

「ひあああッ、ダ、ダメっ、あああッ、はああああああああッ！」

仰け反った身体が硬直した直後、感電したようにガクガクと痙攣する。激しい反応を見れば、絶頂に昇りつめたのは間違いない。佳宏の顔に股間を押しつけながら、アクメの声を振りまきつづけた。

「なんか出ちゃうっ、い、いやっ、ああああああッ！」

絵菜が慌てた声をあげて股間を突き出す。それと同時に、恥裂の狭間から透明な汁がプシャアアッと飛び散った。

「うむむッ」

クリトリスに吸いついている佳宏は思わず唸った。

（し、潮だ……潮を噴いたんだっ）

興奮で頭のなかが焼けただれていく。

女性に潮を噴かせるのは、これがはじめての経験だ。佳宏は顔面に潮を浴びながら、執拗にクリトリスを吸いつづけた。

「ダメッ、ダメッ、ひあああああッ！」

絵菜は悲鳴にも似た喘ぎ声をあげて、全身を激しく震わせる。自分の身体の反応に困惑しながら、大きな快楽のうねりに呑みこまれた。

6

（俺も、もう……）

早くひとつになりたくてたまらない。

濃厚なクンニリングスで、絵菜を絶頂に追いあげたのだ。興奮が全身に蔓延《まんえん》しており、ペニスは青スジを浮かべてそそり勃っていた。

絵菜は畳の上に横たわり、ハアハアと呼吸を乱している。

四肢をしどけなく投げ出して、焦点の合わない瞳を天井に向けていた。絶頂の余韻に浸っているのか、ひと言もしゃべろうとしない。

（絵菜さん……俺、本気ですから）

佳宏は心のなかでつぶやくと、ぐったりしている絵菜に覆いかぶさる。

挿入するなら今しかない。勃起したペニスの先端を陰唇に押し当てると、体重を浴びせるようにして亀頭を埋めこんだ。

「あンンっ」

絵菜の唇から小さな声が漏れる。虚《うつ》ろな瞳で佳宏を見ると、眉を困ったように歪めた。

「それだけは、ダメ……」

口ではそう言うが、とくに抵抗するわけではない。絶頂直後で身体に力が入らないようだ。

そんな絵菜に挿入したことで、罪悪感がこみあげる。だが、同時に倒錯した興奮も感じている。

(俺は、誰よりも絵菜さんのことを……)

熱い想いが胸のうちで渦巻いている。

力ずくでも無理やりでも、好きな気持ちに変わりはない。絵菜のことを誰よりも愛している。この気持ちをわかってほしい。強引に挿入しているにもかかわらず、そんな虫のいいことを考えてしまう。

「ぬううっ」

さらに体重を浴びせて、ペニスをゆっくり根もとまで押しこんだ。

「ああッ、お、大きい……」

「全部、入りましたよ」

言葉にすることで実感がこみあげる。

夢のような瞬間が訪れた。ついに絵菜とひとつになったのだ。まさかこんな日が来るとは思いもしなかった。

（やった……）

感動がじんわりと胸にひろがっていく。

ペニスが熱い膣粘膜に包まれている。襞《ひだ》がザワザワと蠢《うごめ》き、太幹をさらに奥へと引きこんでいく。まだ挿入しただけなのに、強烈な快感が次から次へと押し寄せた。

（こんなに気持ちいいなんて……）

額に玉の汗がいくつも滲んでいる。

尻の筋肉に力をこめて、暴走しそうな快楽を抑えこむ。常に気を張っていなければ、あっという間に射精しそうだ。絵菜とセックスしているという悦《よろこ》びが、全身の感度をアップさせていた。

これ以上ないほど深くつながっている。亀頭は膣の奥深くに到達して、行きどまりの壁を圧迫していた。

「あうっ、そ、そんなに奥まで……」

絵菜が困惑の声を漏らして佳宏を見あげる。そして、右手を自分の臍《へそ》の下にあてがった。

「こんなところまで……ウ、ウソ……」

信じられないといった感じで目を見開いている。

もしかしたら、旦那では届かなかった場所まで、佳宏のペニスが入りこんでいるのかもしれない。怯えたように首を小さく左右に振り、下腹部を痙攣したように波打たせた。

「う、動きますよ」

このままだと、ピストンする前に暴発してしまう。

ふたりの陰毛がからみ合っており、ほんの少し腰を動かすだけでシャリシャリという乾いた音が響いた。

腰をゆっくり引くと、ペニスが少しずつ現れる。カリが膣壁を擦り、膣内にたまっていた華蜜がかき出された。

「ああっ、動かないで……」

絵菜がせつなげな瞳でつぶやいて、両手を佳宏の腰に添える。

だが、手に力はまったく入っていない。抵抗は口先だけで、膣はしっかり太幹を締めつけていた。

「絵菜さんのなか、すごく熱くて……ううッ」

ペニスを押しこむと、膣襞がうねって歓迎する。亀頭をくすぐり、竿をこれでもかと絞りあげた。

「くおおッ」

「お、大きいから……はああンっ」

絵菜の喘ぎ声が徐々に大きくなる。

先ほどクンニリングスで昇りつめたことで、感度がアップしているのかもしれない。緩やかなピストンでも、愛蜜が大量に分泌されている。乳首も隆起しており、感じているのは間違いない。

腰を振りながら、両手で乳房を揉みあげる。指の間に乳首を挟んで、コリコリと刺激した。

「ああンっ、いけないのに……」

この期に及んで、うしろめたさを感じているらしい。絵菜は快感と罪悪感で板挟みになり、やがて全身をガクガクと震わせた。

「ああッ……ああぁッ」

「そ、そんなに締めつけたら……くううッ」

自然と腰の動きが速くなる。ペニスを力強く出し入れすれば、さらなる快感が押し寄せた。

「おおおおッ」

「は、激しいっ、あああぁッ」

絵菜も確実に感じている。

ピストンするほどに膣が締まり、膣が締まるほどにピストンが加速する。快感が快感を呼び、ふたりは同時に高まっていく。

「そ、そんなにしたら……あああぁッ」

「くううッ、気持ちいいっ」

「あああッ、ダ、ダメっ、あああぁッ」

絵菜が喘いでくれるから、なおさら激しく腰を振る。

佳宏は上半身を伏せて、絵菜の身体をしっかり抱きしめた。密着してピストンすることで、さらなる快感の波が押し寄せる。

「おおおッ……おおおおッ」

これ以上は耐えられない。欲望にまかせて腰を振り、絶頂に向けてラストスパートに突入した。

りこんでいた。

「ああぁッ、す、すごいっ、はあああッ」

絵菜も手放しで喘ぎはじめる。佳宏の腰に添えていた手は、いつしか尻にまわ
「くうッ、も、もうダメだっ」

激しくペニスをたたきこむ。カリが膣壁を擦りあげて、華蜜の飛び散る音が響きわたる。媚肉の締めつけに逆らうように、とにかく全力で腰を振り、ペニスをグイグイ抜き挿しした。

「あああッ、い、いいっ、佳宏くんっ」

「おおおッ、え、絵菜さんっ」

名前を呼び合うことで、ついに絶頂の大波に呑みこまれる。凄まじい快感の嵐が吹き荒れて、ペニスを膣の奥深くに埋めこんだ。

「くおおおおッ、で、出るっ、出る出るっ、ぬおおおおおおおッ！」

雄叫《おたけ》びをあげながら、大量の精液を噴きあげる。膣のなかでペニスが跳ねまわり、熱い粘液が尿道を駆け抜けていく。凄まじい快感に脳髄を焼かれて、女体をきつく抱きしめた。

「はあああッ、い、いいっ、あああああッ、あああああああああッ！」

絵菜もよがり泣きを響かせる。両手で佳宏の尻を引き寄せて、爪《つめ》を立てながら昇りつめていく。涙さえ流しながら快楽に酔っている。膣が猛烈に締まり、太幹をこれでもかと締めつけた。

第三章　大きな紅葉の木の下で

1

ふたりは裸のまま、畳の上に横たわっている。絵菜も佳宏も口を開かない。乱れた呼吸の音だけが居間に響いていた。

（ついに、絵菜さんと……）

これまでの人生で最高の体験だった。

絵菜の胸中はわからない。だが、佳宏は絶頂の気だるい余韻が漂うなか、罪悪感と背中合わせの満足感に浸っていた。

このままふたりで生きていくことができたら、どんなに幸せだろうか。

ふと、そんなことを考えるが、この夢のような時間が長くつづかないこともわかっている。

一線を越えたが、絵菜が人妻であることに変わりはない。旦那が帰ってくる前に、佳宏はこの家から出ていかなければならない。それでも、一秒でも長くいっしょにいたかった。

「もう、夫のことを責められないわね」

絵菜がぽつりとつぶやいた。

口調は淡々としており、感情が読み取れない。佳宏と身体の関係を持ったことを後悔しているのだろうか。

(俺は本気で絵菜さんのこと……)

深くつながったことで、想いはますますふくらんでいる。

この胸の熱い滾《たぎ》りを伝えたい。隣に視線を向けると、絵菜は天井をじっと見つめていた。

「でも、これで吹っきれたわ」

穏やかな声だが、意志の強さが感じられる。絵菜は小さく息を吐き出すと、顔をこちらにゆっくり向けた。

「本当はわかっていたの。わたしたち夫婦はとっくに破綻していたのよ」

瞳には一抹の淋しさが滲んでいる。

理想とはほど遠い結婚生活だったとしても、終わるときは痛みをともなうのかもしれない。最初は幸せになれると思って結婚したはずだ。それが崩壊していくのだから、悲しくないはずがない。

絵菜はうっすら涙ぐんでいる。つらそうな絵菜の姿を見て、佳宏の胸もチクリと痛んだ。

「わたし、昔から変化するのが怖くて、いつも行動に移せなかったの。変わるのが怖くて……」

絵菜は噛みしめるようにつぶやいた。

「佳宏くん……あなたは、いつもわたしの背中を押してくれるのね」

いったい、なにを言いたいのだろうか。

意味がわからず返答に窮してしまう。佳宏は黙りこんだまま、絵菜の顔を見つめていた。

ガラス戸から射しこむ日の光が少し傾いている。気づかないうちに、ずいぶん時間が経っていた。

「そろそろ帰ったほうがいいわ」

絵菜が身体をそっと起こす。畳の上で横座りをして背中を向けると、服を身につけはじめた。

まだ帰りたくないが、宣継と鉢合わせするのはまずい。自分はともかく、絵菜を危険に晒すわけにはいかなかった。

佳宏は仕方なく服を着て立ちあがる。絵菜も身なりを整えると、淋しげな瞳で佳宏を見た。

どんな言葉をかければいいのだろうか。

とてもではないが、告白をする雰囲気ではない。完全にタイミングを逃してしまった。

「ありがとう……」

絵菜が小さな声で、しかし、はっきりとつぶやいた。

どういうつもりで言ったのだろうか。感謝されるようなことは、なにもしていない。もしかしたら、お別れを意味しているのではないか。家の外に一歩でも出たら、すべてがなかったことになりそうだ。

今後、絵菜がどうするつもりなのかわからない。だが、今はまだ人妻だ。そもそも手を出してはいけない女性だ。これ以上、迷惑はかけられない。

「帰ります……」

頭をさげて居間から出た。

さようならは言いたくなかった。その言葉を口にしたら、二度と会えなくなる気がした。

(でも、やっぱり……)

あきらめなければいけないのだろうか。

考えると胸が苦しくなる。絵菜がほんの一瞬でも受け入れてくれたのは、旦那への意趣返しだったのかもしれない。だが、そう簡単にあきらめられるものではない。

うしろ髪を引かれる思いで家の外に出る。

日は傾いているが、外はまだ明るい。それなのに、佳宏の心はすっかり陰っていた。

もう二度と絵菜に会えないのではないか。そんな不安に襲われて、胸がせつなく締めつけられた。

県道に向かおうとしたとき、ふと視線を感じて振り返る。すると、路地の曲がり角に若い女性が立っていた。

真紅のワンピースに白いハーフコートを羽織っている。田舎の町では目立つ服装だ。塀に寄りかかってスマホを手にしていた。画面を見ているふりをしているが、明らかにこちらを気にしている。

（あの人、確か……）

見覚えがある。

祖父の葬儀に参列していた。さすがに地味な服装だったが、町長といっしょに来たので印象に残っている。

彼女は町長の娘の田所聖華《たどころせいか》だ。切れ長の目が特徴的な美人だが、どこか高飛車な雰囲気が漂っている。人を寄せつけない感じで、葬儀のときはお悔やみの言葉もなかった。

親戚《しんせき》のおばさんたちが噂話をしていたのを覚えている。

二十八歳にもなって定職に就かず、ときどきスナックでアルバイトをしているという。町役場の近くにある豪邸に住んでいて、金は腐るほどあるようだ。町長は早く結婚させたがっているが、聖華本人はまったくその気がない。それどころか、最近はろくでなしとつき合っているらしい。

（どうして、こんなところに……）

素朴な疑問が湧きあがる。

聖華の家からずいぶん離れた場所だ。どこでアルバイトをしているのか知らないが、少なくともこの近辺にスナックはない。ごく普通の住宅街で、待ち合わせるをするような場所でもない。

（なんかヘンだな……）

そう思ったとき、聖華はこちらに背中を向けて歩きはじめた。

佳宏に気づかれたので立ち去ったように見える。しかし、葬儀のときも言葉を交わしておらず、それ以外に接点はなかった。

考えてもわからない。佳宏は不思議に思いながらも、祖母の家に向かって歩き出した。

2

「佳宏ちゃん、いっぱい食べてね」

叔母がニコニコしながら、料理の皿を座卓に並べる。

鶏のレバニラ炒《いた》めにグリーンサラダ、漬物、納豆、味噌汁に白いご飯。さらには鰻《うなぎ》の蒲焼《かばや》きとスッポンスープまである。

「すごいな……でも、ちょっと多すぎませんか」

佳宏は思わずつぶやいた。

「お義母さんが、佳宏ちゃんに精のつくものを食べさせろって言うから」

「ばあちゃんが……」

向かいに座っている祖母に視線を向ける。

祖母は座布団の上にちょこんと正座をしているだけで口を開かない。糸のように細い目は、開いているのか閉じているのかもわからなかった。

「わたしも多すぎると思ったんだけど、佳宏ちゃんは絶対に体力がいるからって聞かないのよ」

叔母は困ったように言って、祖母に視線を向ける。ところが、祖母はまったく無反応で入れ歯をモゴモゴさせている。

（まさか……）

心当たりがあるので、佳宏は思わず黙りこんだ。

祖母は昔から勘がいい。もしかしたら、佳宏と絵菜がセックスしたことをなんとなく感じているのではないか。そうだとすれば、精のつく料理を勧めるのもわかる気がした。

とにかく、叔母の作ったおいしい料理をいただいた。祖母もしっかり食べていたので、少しずつ元気を取り戻しているようだ。

「ごちそうさまでした」

腹がいっぱいになると、早くも精力が湧きあがる気がした。

激しいセックスで疲れた体に染みわたるようだ。祖母と叔母に感謝しながら箸を置いた。

「佳宏ってやつはいるかっ」

とつぜん、大きな声が聞こえた。

佳宏と叔母はなにごとかと顔を見合わせる。祖母は相変わらず無表情で座っていた。

「いるんだろ。出てこいっ」

再び男の声が聞こえる。

どうやら、玄関で怒鳴っているらしい。声に聞き覚えがある。おそらく、絵菜の旦那の宣継だ。

ただごとではない。いやな予感がするが、名指しされた以上、無視することはできない。

「ちょっと行ってきます」

佳宏が腰を浮かせると、叔母も慌てて立ちあがった。

「危ないわよ」

「大丈夫です。話をするだけですから」

そうは言ったものの、話だけで済むとは思えない。

絵菜が佳宏とセックスしたことがばれたのではないか。そうだとしたら、激怒しているに違いない。自分は浮気をしているくせに、妻を束縛しているのだ。宣継のぶちぎれている姿が容易に想像できた。

とにかく、佳宏は居間を出て玄関に向かう。廊下を歩いていくと、玄関に立っている宣継の姿が見えた。

「おまえが佳宏か」

端《はな》から喧嘩腰だ。細身の男だが、全身から怒りを発散させているため、迫力がある。佳宏はあとずさりしそうになるが、なんとか踏んばった。

「勝手に入らないでください。ここは祖母の家ですから」

スニーカーを履くと、とりあえず宣継を外に押し出した。

西の空がオレンジ色に染まっている。ふたりは夕日を浴びて対峙《たいじ》した。まるで決闘でもはじまるような雰囲気だ。

「佳宏は俺ですけど、なにか用ですか」

しらばくれて尋ねる。

ところが、そんな佳宏の態度が気に入らなかったらしい。宣継の眼光が一気に鋭さを増した。

「この野郎っ、とぼけるつもりか」

宣継はジャケットのポケットからスマホを取り出すと、写真を表示させて佳宏の眼前に突きつけた。

「こ、これは……」

思わず絶句してしまう。

絵菜の家から出てきた佳宏が写っていた。どうして宣継がこんな写真を持っているのかわからない。とにかく、絵菜とセックスした直後の佳宏が、鮮明に写っているのだ。

「もう、言い逃れできないぞ。人の女房に手を出しやがって」

宣継が手を伸ばして胸ぐらをつかもうとする。

「やめてっ」

そのとき、絵菜の大きな声が聞こえた。

家から飛び出した夫を追いかけてきたらしい。絵菜は駆けつけるなり、宣継と佳宏の間に割って入った。

「あなたはどうなんですか。まさか、自分は潔白だとでも言うつもりですか」

毅然とした態度で言うと、宣継をにらみつける。

火に油を注ぐことになりそうだが、絵菜は一歩も引かない。積もり積もったものがあるようだ。

「なんだと……」

宣継が眉根を寄せる。

痛いところを突かれたのだろう。宣継の顔が憤怒でまっ赤に染まっていく。拳を握りしめており、もはや噴火寸前といった感じだ。

「浮気をしておきながら、よくもそんなことが言えるな」

「彼女のことを責められる立場なんですか」

佳宏は一歩踏み出して、絵菜を背中に庇《かば》った。

腕っぷしに自信はないが、このままでは絵菜が殴られかねない。とにかく、宣継の怒りを自分だけに向けるつもりだ。

「あなたのせいで、彼女がどれだけ苦しんだか、わかりますか」

勇気を出して言い放った。

自分は殴られても構わない。なんとしても絵菜を守るつもりだ。

佳宏と絵菜も褒められた関係ではない。それはわかっているが、宣継の言動は目にあまる。絵菜が一方的に責められるのは絶対に違う。自分のことを棚にあげて怒る宣継が腹立たしかった。

「なんでおまえが偉そうに説教してるんだっ」

激昂した宣継が、今度こそ胸ぐらをつかんだ。拳を振りあげるのが見えて、殴られるのを覚悟する。

「待って」

またしても、絵菜が間に割って入った。

今度は佳宏が庇われている。女性に守られるとは、男として情けない。慌てて前に出ようとしたとき、絵菜が口を開いた。

「別れましょう」

きっぱりとした声だった。

宣継が凍りついたように固まるのが、絵菜の肩ごしに見えた。その瞬間、佳宏も言葉を失った。

「これ以上、傷つけられるのも傷つけるのもいやなんです。わたしたち、とっくに終わっていたでしょう」

絵菜が淡々とした調子で語りかける。

取りつく島もないとはこのことだ。いっさい話し合うつもりはないらしい。彼女のなかではすでに答えが出ているのだろう。

「う、うるさい、黙れっ」

宣継は動揺して怒鳴ると、絵菜の肩を突き飛ばした。

「あっ……」

絵菜が小さな声を漏らして尻餅《しりもち》をつく。

それを見た佳宏は、思わず宣継の顔面を殴っていた。頭にカッと血が昇り、怒りを制御することができなかった。

「くっ……やりやがったな」

宣継は両手で顔を押さえて、ふらふらとあとずさりする。

指の間から赤いものが見えた。どうやら鼻血を流しているらしい。佳宏の怒りにまかせたパンチは、思いのほかしっかり顔面に入っていた。

宣継が顔から手を離してファイティングポーズを取る。ギラつく目には憤怒の炎が燃えあがっていた。

(や、やばい……)

じつは人を殴ったのは、これがはじめてだ。

しかし、こうなってしまった以上、殴り合いは避けられない。たじろいだのは一瞬だけで、佳宏も覚悟を決めて身構える。

そのとき、パトカーがやってきて家の前で停車した。

警察官がふたり降りると、こちらにまっすぐ歩いてくる。たまたま通りかかったのではなく、この家を目指してきた感じだ。

「あなたたち、なにをやってるんですか」

ベテランらしき初老の警察官が尋ねる。思いのほか穏やかな声だ。

もうひとりの若い警察官は黙っているが、佳宏と宣継を注意深く見ている。不審な動きがあれば、すぐに制圧されそうな気がした。

佳宏は構えていた腕をおろして、玄関をチラリと見やった。

そこには叔母と祖母が立っていた。叔母は不安げな顔をしており、祖母は電話の子機を手にしている。どうやら、祖母が警察に連絡したらしい。

(ばあちゃん、もしかして……)

すべてを見抜いていたのかもしれない。

精のつく料理を叔母に作らせたのは、疲れた体を癒《いや》すためではなく、この争いを予見したからではないか。

祖母の目は相変わらず糸のように細いが、視線が重なるのがわかった。そのとき、口もとに笑みが浮かんだように見えたのは気のせいだろうか。

「俺は被害者ですよ。いきなり、こいつに殴られたんです」

宣継が必死に訴えている。

尻餅をついていた絵菜は立ちあがり、冷たい瞳で宣継を見つめていた。心が完全に離れているのは間違いない。

「交番で話を聞きますよ。おふたりとも来てください」

ベテラン警察官に言われて、佳宏と宣継はパトカーに乗せられた。

3

数分後、駅前の交番に到着した。

パイプ椅子《いす》を勧められて、佳宏と宣継は並んで腰かける。そして、さっそく事情聴取がはじまった。

しかし、宣継が興奮して自分の主張をまくし立てるので、なかなか話が進まない。ここで口を挟めば、よけい面倒なことになる。佳宏はあとで反論しようと思って、とりあえず宣継と警察官のやりとりを聞いていた。

ふいに外が騒がしくなった。

視線を向けると、黒塗りのセダンと窓にスモークフィルムを貼った黒のバンが停車していた。

バンのスライドドアが開いて、四人のガラの悪い男たちが現れる。派手なスカジャンや黒いジャージに身を包んでおり、目つきが普通ではない。男たちは交番のなかにドカドカと入ってきた。

「なにか用ですか」

ベテラン警察官が毅然とした態度で声をかける。

若い警察官は早くも余裕をなくして立ちあがった。しかし、男たちは気にすることなく、宣継を取り囲んだ。佳宏のことは端から相手にしていない。なにか明確な目的があるようだ。

「おまえ、宣継だな」

リーダーらしき男が声をかける。

宣継は先ほどまでの威勢をなくして、血の気の引いた顔になっていた。頬の筋肉がこわばり、首を何度も左右に振っている。だが、男たちは構わず両脇を抱えて、強引に立ちあがらせた。

「や、やめろ……」

宣継が情けない声を漏らす。

すっかり怯えて、ろくに抵抗もできない。下手に逆らえば、なにをされるかわからない雰囲気だ。

「その男から手を放しなさい」

ベテラン警察官が厳しい表情で立ちあがる。若い警察官は腰を低くして構えており、臨戦態勢を整えている。

(な、なんだ……なにが起きてるんだ)

佳宏はわけがわからず固まった。

交番に雪崩れこんできた男たちから距離を取りたいが、今、動くと巻きこまれそうだ。結局、パイプ椅子に座ったまま、状況を見守ることしかできない。なにかあったとき、すぐ逃げられるように腰を浮かしぎみにした。

「連れていけ」

リーダーらしき男が命令する。

交番から人をさらうなどあり得ない。佳宏は逃げるに逃げられず、自分まで被害に遭わないことを必死に祈った。

「全員、動くなっ」

若い警察官が入口に立ちふさがり、男たちを一喝する。

その間に、ベテラン警察官は電話の受話器に手を伸ばした。応援を呼ぶつもりかもしれない。相手は四人だ。ふたりでは対処しきれず、宣継は連れ去られてしまうだろう。

「ご苦労、ご苦労」

そのとき、脳天気な声が聞こえた。

交番の入口に視線を向けると、ダークグレーのスーツを着た初老の男が立っていた。

(あの人は……)

町長の田所豪太郎《ごうたろう》だ。

昨日は祖父の葬儀に参列しており、多くの取り巻きを引き連れていた。ふだんからうまい物を食っているのか肥えた体で、不自然に毛量の多い髪を七三にびっちりわけていた。

「こ、これは町長っ」

ベテラン警察官が背すじを伸ばして敬礼する。若い警察官も壁ぎわによけると慌てて倣《なら》った。

「受話器を置きたまえ」

町長が静かに声をかける。

一見すると穏やかな雰囲気だが、それは命令にほかならない。目力が強くて言葉以上の圧力が感じられた。

「はっ……」

ベテラン警察官が受話器を置く。そして、すぐに直立不動の姿勢に戻った。

「おまえか」

町長が宣継に視線を向ける。

背すじがゾッとするほど冷たい目になっていた。なにがあったのかは知らないが、宣継に悪い感情を持っているの明らかだ。

四人の男たちは、町長の依頼で動いているらしい。どういう関係なのかはわからないが、やばいやつらなのは確かだ。もしかしたら、いつも汚い仕事を頼んでいるのかもしれない。

「この男はわたしが預かるよ」

町長が穏やかな声で告げる。自分の意見が通る前提の言いかただ。

「それは……」

警察官が困惑の表情を浮かべる。ところが、町長にジロリと見やっただけで黙りこんだ。

「なにか文句でもあるのかね」

「いえ、ありませんっ」

交番のなかの空気が張りつめる。

ふたりの警察官は、それきり口を開こうとしない。四人の男たちはヘラヘラしており、宣継は死人のように白い顔になっていた。

(町長って、そんなに偉いのか……)

ふと疑問が湧きあがる。

警察の署長や上層部の人を前にしたのなら、交番の警察官が緊張するのはわかる気がする。しかし、今ここにいるのは町長だ。当然、警察ともつながりはあると思うが、そこまで影響力があるのだろうか。

　地方の小さな町なので、町長に権力が集中しているのかもしれない。根まわしのうまさもあるのではないか。とにかく、交番勤務の警察官がものを言えない雰囲気なのは間違いない。

「キミは寺口さんのお孫さんだね」

　ふいに町長に声をかけられてドキリとする。

　まさか自分もさらわれるのではないか。緊張が高まるが、嘘をついてもすぐにばれる気がする。下手な小細工は逆に危険だ。ここは正直に答えるべきだと思って、こっくりうなずいた。

「おじいさんには、たくさん寄付をしてもらいましたよ」

「そうでしたか……」

　はじめて聞く話だ。祖父は故郷を愛していたらしい。どうして町長が葬儀に来ていたのか、ようやく腑《ふ》に落ちた。

「巻きこんでしまってすまないね」

「い、いえ……」

　頭をさげられると恐縮してしまう。

やばそうな連中がいるなかで、どういう態度を取ればいいのかわからない。なんとも気まずいが、なにが起きているのか知りたい。

「あの人、なにをやったんですか」

恐るおそる尋ねる。すると、町長は大きくうなずいた。

「キミには説明しておくべきだね」

そう前置きして語りはじめる。

宣継は結婚している身でありながら、複数の女性と関係を持っていた。そのなかに、町長の娘の聖華もいたという。

「だから、スナックなんかでアルバイトをするなと言ったんです。案の定、あんなやつに引っかかって、お恥ずかしい限りですよ」

町長はため息まじりにつぶやいた。

聖華がアルバイトをしているスナックに、宣継が客として訪れて知り合ったらしい。宣継は聖華に入れあげて、熱心に口説いたという。そして、ふたりは間もなく男と女の関係になった。

「あいつは娘をもてあそんだ。会うたびに、妻と別れて聖華といっしょになると言ったそうだよ」

町長が憎々しげに吐き捨てた。

聖華はよくある手口に引っかかってしまったのだ。

ところが、いつまで経っても結婚してくれないので、宣継と絵菜を別れさせようと考えたらしい。

そして、絵菜を探っていたところ、佳宏が家から出てくるのを目撃した。それをスマホで撮影して、宣継に写真を送って告げ口したのだ。それが離婚のきっかけになればと思ったに違いない。

「基本的に放任主義なんだが、娘の様子があまりにもおかしいので問いただしたところ、泣きながら打ち明けてくれたよ」

町長の顔には無念さが滲んでいた。

少し調べただけでも、宣継の悪い噂はすぐに出てきたという。これ以上、被害者を増やさないためにも、野放しにしておくことはできないと判断して、急遽《きゅうきょ》身柄を拘束することにしたらしい。

「でも、捕まえてどうするんですか」

佳宏は青ざめている宣継をチラリと見やった。

「ま、まさか……」

いやな予感がこみあげる。

娘をもてあそばれた町長の怒りは相当なものだ。宣継はガラの悪い男たちに拉致《らち》されて、そのまま消されてしまうのかもしれない。それくらいのことをやりかねない気がした。

「詳しく話を聞いて、この町から出ていってもらうだけですよ。町に二度と足を踏み入れないと誓ってもらいます。ただそれだけです。憤ってはいますが、犯罪者になるつもりはありませんからね」

町長の言葉を聞いて、内心ほっと胸を撫でおろす。

とはいえ、思いがけない事態になり、まだ動揺が治まらない。これから自分はどうなるのか不安だ。

「巻きこんでしまってすまないね。聖華も被害者なんだよ。どうか、娘を許してやってほしい」

「い、いえ、許すもなにも……俺も悪かったんですから」

頭をさげられて困惑する。

佳宏も絵菜と関係を持ったのだ。いくら本気だ純愛だと訴えたところで、不貞の事実は変わらない。うしろめたさと罪悪感がこみあげて、佳宏も思わず頭をさげた。

「俺も人のことは言えないんです……」

思い返すと胸が苦しくなる。

勢いにまかせて押し倒したが、絵菜からすれば欲望をぶつけられただけだ。身体が目当ての男となんら変わらないのではないか。結局、自分の想いを一方的に押しつけただけだった。

「相手の気持ちも考えず、最低のことをしたんです」

自戒の念をこめてつぶやいた。

ペニスを突きこむだけでは駄目だ。心をしっかり通わせたい。そして、本当の意味でひとつになりたい。

「もう、遅いのかな……」

「お相手の女性は、そう思っていないようですな」

町長が交番の入口に視線を向ける。つられて見やると、そこには心配そうな顔をした絵菜が立っていた。

「え、絵菜さん……」

「やはりあの方ですか。ずいぶん前からキミのことを見ていました」

町長に言われるまで気づかなかった。

いったい、いつからいたのだろうか。今にも泣き出しそうな顔で、佳宏のことを見つめていた。

「では、わたしはそろそろ失礼するよ。これでも忙しい身でね」

町長は男たちに目配せすると、宣継を連れて出ていった。

黒塗りのセダンに町長が、バンに宣継と男たちが乗りこんだ。二台が走り去ると、張りつめていた空気が一気に緩む。直立不動だったふたりの警察官も、大きく息を吐き出した。

「あの、おまわりさん、俺は……」

佳宏は遠慮がちに尋ねる。

まだ事情聴取がつづくのだろうか。宣継が連れ去られたので、中途半端になってしまった。

「もう行っていいですよ。お疲れさまです」

ベテランの警察官が力なく答えた。

「いいんですか」

「ええ……あと申しわけないんだけど、なにも見なかったことにしてもらえませんかね」

町長が介入したことを言っているのだろう。

確かに、大っぴらにはできない話だ。佳宏も面倒なことに巻きこまれるのはごめんだった。

「わかりました」

立ちあがって頭をさげると交番から外に出た。

「佳宏くん……」

絵菜が歩み寄り、か細い声で呼びかける。目には今にも溢れそうなほど涙がたまっていた。

「すみません。ご心配をおかけしました」

佳宏が呼びかけると、絵菜が手を握ってくれる。

「もう、帰っていいそうです」

「よかった……本当によかった」

絵菜の目から涙が溢れ出す。両手で佳宏の手をしっかり包んで、上下に何度も何度も振りつづけた。

「おとりこみ中のところ、すみません」

振り返ると若い警察官が立っていた。

「パトカーでお送りいたします」

どうやら、ベテラン警察官に命じられたらしい。そういうことなら、せっかくなので送ってもらうことにした。

4

佳宏と絵菜は、裏山の秘密の場所に立っていた。

ふたりは並んで町を眺めている。まだ西の空がかろうじてオレンジ色に染まっており、町が夕日に照らされていた。

郷愁を誘う光景を目の当たりにして胸がせつなくなるが、今なら素直な自分を出せる気がした。

パトカーで祖母の家まで送ってもらった。

心配していると思ったので、まずは祖母と叔母に声をかけた。それから、絵菜を誘っていっしょに裏山を登った。秘密の場所を訪れて、純粋に心を通わせたいと思った。

「俺、絵菜さんのこと本気ですから」

佳宏は町に視線を向けたまま切り出した。

「まだ頼りないかもしれないけど、いつか必ず絵菜さんを支えられるような男になります」

心をこめて、きっぱりと告げる。

なんの根拠もない言葉だが、熱い想いは本物だ。その一方で、情熱だけではどうにもならないこともわかっている。誰かを幸せにするには経済力も必要だ。そのためには、もっと仕事をがんばらなければならない。今はまだ力不足だが、気持ちでは誰にも負けないつもりだ。

「さっき、佳宏くんが助けてくれたでしょう」

絵菜が静かに口を開いた。

やはり視線は町に向いている。この景色を前にすると落ち着くのは、絵菜も同じらしい。

十七年前、ここから町を眺めたのを覚えている。ここはふたりの原点とも言える場所だ。だから、こんなにも穏やかでいられるのだろう。

「男らしかったわ」

「あれは、つい……すみません」

佳宏は小声で謝罪する。

いくら絵菜を助けるためとはいえ、とっさに殴ったのはやりすぎだ。ほかにもやりようがあったと思う。

「謝らないで。わたしのためにやってくれたんでしょう」

「そうですけど……」

「佳宏くんなら、わたしを守ってくれると思ったわ」

絵菜が穏やかな声でつぶやいた。

いつしか町の明かりがポツポツと灯《とも》っている。日はすっかり沈んで、あたりは薄暗くなっていた。

(いつか、絶対……)

佳宏は心のなかで決意を新たにする。

好きになった女性を守れる男になりたい。どういう形が正解なのか、まだわからない。だが、とにかく努力は惜しまないつもりだ。

「肌寒くなってきましたね。帰りましょうか」

佳宏のほうから提案する。

日が落ちたことで気温がさがっていた。もっといっしょにいたいが、このままでは絵菜が風邪を引いてしまう。それに日が落ちて暗くなったので、足もとが心配だった。

「そうね。帰りましょう」

絵菜が静かに答える。

声に残念そうな響きがまじっている気がした。もしかしたら、絵菜もまだいっしょにいたいと思っているのではないか。そんなことを考えながら、絵菜の手をそっと握った。

「暗いから、足もと気をつけてください」

「うん……」

絵菜も手を握り返してくれる。

柔らかい手のひらの感触に内心浮かれながら、薄暗い山道をゆっくり歩きはじめた。いつしか月明かりが降り注いでおり、かろうじて地面が見えている。小石や雑草で滑るので、慎重に歩を進めた。

「あっ、紅葉……」

ふいに絵菜がつぶやいた。

立ちどまって顔をあげると、月光を受けた紅葉が目に入った。夜の紅葉も見応えがある。しかし、佳宏の視線は絵菜の横顔に向いていた。紅葉を愛《め》でる絵菜の顔は美しかった。

(きれいですね……)

心のなかでつぶやき、再び歩きはじめる。その直後、絵菜が落ち葉を踏んで足を滑らせた。

「あっ……」

「危ないっ」

とっさに握っていた手を引いて、なんとか転倒を免れる。しかし、踏んばりがきかず、近くの大木に寄りかかった。

「大丈夫ですか」

佳宏は背中を木の幹に預けて、絵菜を胸にしっかり抱いていた。

「ええ、ありがとう」

絵菜が恥ずかしげにつぶやいて顔をあげる。

木々の枝の間から降り注ぐ月明かりが、絵菜の顔を照らしていた。いきなり急接近したことで、胸の鼓動が速くなる。甘いシャンプーの香りが、鼻腔にふわっと流れこんでいた。

「この木、もしかして……」

絵菜の言葉ではっとする。

「あのときの木だ」

なんという偶然だろうか。

今、寄りかかっているのは、十七年前に佳宏が蹴っていた大木だ。あの日、絵菜が声をかけてくれた瞬間、ふたりの運命の歯車が動き出した。きっかけとなった紅葉の木に、抱き合った状態で寄りかかっているのだ。

「なんだか不思議ね。佳宏くんといっしょにいると、こういう偶然がよく起きる気がするわ」

絵菜は身体を寄せたまま、離れようとしない。頰を胸板に押し当てて、じっとしている。

(ああっ、絵菜さん……)

密着していると愛しさがこみあげる。

やがて欲望も頭をもたげて、ペニスがふくらんでしまう。だが、佳宏はグッとこらえて身動きしなかった。

股間が絵菜の下腹部に触れている。硬くなったものが当たっているので、気づかないはずはない。しかし、絵菜は身体を離すことなく、いつまでも抱きついていた。

「佳宏くん……」

絵菜が顔をあげて名前を呼んだ。

口づけを待っているのだと気づいて、佳宏は吸い寄せられるように唇をそっと重ねた。

「ンっ……」

絵菜が微かに鼻にかかった声を漏らす。

唇は溶けそうなほど柔らかいが、冷えきっていた。温めてやりたくて、佳宏は舌先で唇を舐めまわした。

すると、絵菜が唇を半開きにしてくれる。だから、遠慮することなく舌をヌルリッと滑りこませた。絵菜も舌を伸ばしてくれたので、すぐにディープキスがはじまった。

「ンンっ、佳宏くん……はンンっ」

「え、絵菜さん……」

紅葉の森にふたりのささやき声が響いた。

屋外で濃厚な口づけを交わすことなど、はじめての経験だ。気分がどんどん盛りあがり、舌を深くからめ合わせる。唾液を交換して互いの味を確かめれば、あと戻りできないほど高まった。

5

月光を浴びた絵菜の瞳はねっとり潤んでいた。

彼女も欲情しているとわかり、佳宏の迷いは吹き飛んだ。位置を入れかえると絵菜を大木に寄りかからせる。そして、キスをしながらコートになかに手を入れて、ブラウスの胸もとをまさぐった。

「あンっ……」

絵菜は小さな声を漏らすが抵抗しない。

唇を半開きにして舌を差し出すと、乳房も揉まれるままになっている。それならばと、佳宏はコートのなかでブラウスのボタンをはずして、胸もとをはだけさせた。

（こ、これは……）

現れたのは艶のある白いブラジャーだ。

月明かりを受けて、薄暗いなかで輝いて見える。素材はおそらくシルクだ。ふだん使いをしているとは思えない。これは特別なときにつけるブラジャーではないのか。

（もしかして、俺に見せるために……）

脳裏に浮かんだ考えを即座に否定する。

今夜、絵菜が抱かれるつもりだったとは思えない。ふたりきりになることは想定できなかった。

しかし、佳宏と肌を重ねるたびに、絵菜の下着が変化しているのも事実だ。本人は意識していなくても、いつ見られても大丈夫なブラジャーとパンティを選んでいるのかもしれない。

そんなことを考えると、なおさら気分が盛りあがる。

ホックをはずしてカップを押しあげれば、見事な双つの乳房が月光に照らし出された。

「ああっ、外なのに……」

絵菜が羞恥の喘ぎを漏らして身をよじる。すると、大きな乳房がタプタプと波打った。

「すごくきれいですよ」

声をかけながら両手で乳房を揉みあげる。

指先がめりこんでいく感触が心地よい。双つのふくらみが形を変える様を見ていると、ますます気分が高揚した。

「ああっ……」

先端で揺れる乳首をそっと摘まむと、絵菜の唇から甘い声が漏れる。

そのままやさしく転がせば、乳首は瞬く間に充血して硬くなった。それにともなって感度があがり、腰が右に左にくねりはじめる。せつなげな表情を浮かべて呼吸も荒くなっていた。

「乳首、硬くなってますよ」

「言わないで……ああンっ」

絵菜は眉を八の字に歪めて訴える。

両手を背後にまわして、木の幹に添えた状態だ。恥じらっているが、愛撫を拒絶することはない。されるがままに乳房を揉まれて、乳首もこれ以上ないほど硬くしていた。

絵菜が感じてくれるから、佳宏の欲望もさらにふくれあがる。

右手を下半身に滑らせると、スカートをまくりあげていく。白い臑にツルリとした膝、さらにはむっちりした太腿が剥き出しになる。佳宏はすかさず太腿に手を這わせて撫でまわした。

「どうして、こんなにスベスベしてるんですか」

なめらかな肌触りに感動してささやきかける。

肌理の細かい肌は吸いつくような感触だ。触れているだけで興奮が高まり、ボクサーブリーフのなかのペニスがさらにひとまわり大きく成長した。

「外なのよ……こんなのダメ」

絵菜が抗いの声を漏らす。

しかし、両手は背後の木の幹に添えたままだ。抵抗は口先だけで、本気でいやがっているわけではない。それがわかるから、佳宏は愛撫をやめることなく右手を股間へと滑らせる。

手首でスカートを押しあげる形になり、やがてパンティが露になった。

ブラジャーとセットの白いシルクのパンティだ。月光を浴びて、暗いなかにボーッと浮かびあがって見える。艶感のある生地がまるで誘っているようで、牡の欲望がふくれあがった。

「あっ……」

パンティの上から恥丘に触れると、絵菜の唇から小さな声が漏れる。

シルクのツルツルした感触が心地よい。生地ごしに恥丘を撫でまわして、指先をぴったり閉じた内腿の間に滑りこませた。

「ま、待って――あンンっ」

絵菜の声が途中から喘ぎ声に変化する。

指先はパンティを挟んで、柔らかい部分に触れていた。そこを何度もやさしく撫でると、徐々に湿り気を帯びてくる。

「すごい……もう、グショグショですよ」

指を軽く動かすだけでも淫らな音が響きわたる。

確認するまでもない。陰唇の狭間から愛蜜が溢れて、シルクの生地を濡らしているのだ。

「ダ、ダメっ、そこは……はンンっ」

絵菜は内股《うちまた》になり、佳宏の指を挟みこんでいる。もはや力が入らないのか、木の幹に体重を預けて腰をくねらせていた。

（こんなに濡らして……）

指先に確かな湿り気を感じている。

華蜜の量がどんどん増えており、パンティの股布はお漏らしをしたように濡れていた。指先で軽く圧迫するたび、布地に染みこんだ華蜜がグジュッと染み出すのがわかった。

同時に左手では乳房を揉んでいる。

柔らかい肉に指先をめりこませては、先端で揺れる乳首を指先でクニクニと転がす。乳輪まで充血して、ぷっくりとふくらんでいる。そこにむしゃぶりついて舌を這わせると、女体が驚いたように硬直した。

「はあああッ」

絵菜の唇から喘ぎ声がほとばしり、紅葉の森に反響する。静まり返っているだけに、なおさら声が大きく感じた。

絵菜は慌てて自分の口を両手で押さえる。だが、佳宏は愛撫の手を休めるどころか、さらに加速させていく。パンティごしに陰唇を撫でながら、乳首に舌を這わせてはチュウチュウと吸いあげた。

「ンンっ、ダ、ダメっ」

「声、もっと聞かせてくださいよ」

不意を突くように、前歯で乳首を甘噛みする。とたんに女体がビクッと跳ねあがった。

「ひンンンッ」

絵菜はくぐもった声をあげると、首を左右に振りたくる。そして、瞳で訴えかけるが、佳宏は愛撫を継続した。

「あンンっ……ンンンっ」

今度はやさしく舌を這わせると、絵菜の反応は大きくなる。

舌の動きに合わせて、女体に痙攣が走り抜けていく。両手で口をふさいでいるが、指の隙間からこらえきれない声が漏れていた。

「そ、外なのに……ンンっ、ダ、ダメよ」

絵菜はしきりに訴える。

屋外という状況が、性感を蕩かしているのではないか。そんな自分を恥じらいながらも、ますます高揚しているに違いない。その証拠に股間の濡れかたが激しくなり、乳首もさらに硬くなっていた。

（感じてる……絵菜さんが感じてるんだ）

絵菜の心情が手に取るようにわかるから、佳宏は遠慮することなく乳首をしゃぶりつづける。舌を這わせて唾液を塗りつけては、執拗にチュウチュウと吸いあげた。

「はンンっ……も、もう、許して」

絵菜がかすれた声で懇願する。

羞恥に耐えられなくなったのか、さらなる快楽を欲しているのか。いずれにしても途中でやめる気はない。佳宏はチノパンとボクサーブリーフを膝までおろして、そそり勃ったペニスを剝き出しにした。

（誰もいないよな……）

思わず周囲に視線をめぐらせる。

暗い森のなかに人がいるはずもないが、屋外で勃起したペニスを晒すのは落ち着かない。しかし、それ以上の興奮が胸のうちで渦巻いていた。

「ま、まさか、ここで……」

絵菜が目を見開いてペニスを見つめる。

隆々とそそり勃った男根を目の当たりにすれば、これから起きることは容易に想像がつくはずだ。怯えたような表情を浮かべているが、瞳はねっとりと潤んでいた。

「うしろを向いてください」

佳宏は声をかけるなり、絵菜の肩をつかんで身体を反転させる。そして、木の幹に両手をつくように誘導した。

「なにをするの……」

絵菜が背後に立った佳宏を振り返る。

バージンではあるまいし、この状況でわからないはずがない。絵菜も期待しているのか、尻を微かに突き出している。

佳宏はスカートをまくりあげると、裾をウエスト部分に挟みこむ。そして、シルクのパンティをゆっくり引きさげた。

「ああっ……恥ずかしい」

絵菜の唇から震える声が溢れ出す。

月光が降り注ぐなか、白い尻が浮かびあがる。尻たぶは脂が乗ってむっちりしているのに、垂れることなく頂点がツンと上を向いていた。

（なんて、いやらしいんだ……）

はじめて見るわけではないのに、絵菜の尻がいちだんと魅惑的に感じる。屋外という状況が、気分を高揚させているのだろうか。月明かりを浴びた尻は幻想的だ。柔らかい肌が描き出す曲線はどこまでもなめらかで、まるで新鮮な白桃のように美しい。

「絵菜さん……」

見ているだけでは我慢できなくなる。両手を尻たぶに重ねると、やさしく撫でまわした。

「はンンっ」

絵菜がため息にも似た喘ぎ声を漏らす。肩ごしに振り返り、濡れた瞳で佳宏を見やった。

視線が重なると気分が盛りあがる。佳宏は尻たぶをゆったり揉んで、指先をめりこませた。表面は溶けそうなほど柔らかく、奥のほうには指を押し返す確かな弾力があった。

やさしく撫でても、欲望にまかせて揉みあげても、絵菜の尻は最高の悦びを与えてくれる。興奮がふくれあがり、ペニスの先端から我慢汁が溢れて落ち葉の上に滴り落ちた。

「ど、どうするつもり……」

絵菜がかすれた声で尋ねる。

ただの質問ではなく、催促しているように聞こえた。さんざん愛撫されたあとで、今度は尻を剝き出しにして撫でまわされているのだ。欲情して期待が高まったとしてもおかしくはない。

(きっと、絵菜さんも我慢できなくなってるんだ)

そう思って、尻たぶをそっと割り開く。

すると濡れそぼったサーモンピンクの陰唇が露になり、透明な汁がツツーッと糸を引いて垂れ落ちた。

6

「こんなに濡らして、やっぱり期待していたんですね」

勃起したペニスの先端を陰唇に押し当てる。とたんにニチュッという湿った音があたりに響いた。

「ああっ、ダ、ダメよ。外でこんなこと……」

　絵菜はそう言いながら、上半身をしっかり倒して尻を突き出す。すると、それだけで亀頭が半分ほど膣口に沈みこんだ。

「あぁあッ」

　甘い声を漏らして、尻たぶを小刻みに震わせる。慌てて右手を口に持っていくと、軽く曲げた人さし指をキュッと嚙んだ。

「もっと挿《い》れていいですか」

　声をかけながらペニスを押し進める。亀頭が媚肉をかきわけて、深い場所まで到達した。

「あうううッ」

「くううッ……全部、入りましたよ」

　無数の熱い襞がペニスを包みこんでいる。

　膣のなかにたまっていた華蜜が溢れ出して、結合部分をぐっしょり濡らしていた。まだ挿入しただけだが、いきなり膣が収縮する。竿を絞りあげられて、快感が脳天まで突き抜けた。

「ううッ……ううッ」

　こらえきれずに呻《うめ》き声を漏らしながら、さっそく腰を振りはじめる。

屋外での立ちバックという刺激的なシチュエーションだが、じっくり楽しむ余裕などない。両手で絵菜の腰をつかむと、ペニスを出し入れして濡れた膣のなかをかきまわした。

「い、いきなり……あああぁッ」

絵菜が困惑の声を漏らして腰をよじる。

最初から本格的なピストンで、膣壁をえぐっているのだ。張り出したカリで摩擦するたび、突き出した尻に震えが走った。

「そ、そんなに激しくしたら……あああッ」

「声が出てますよ。大丈夫ですか」

「だ、だって、佳宏くんが――ひあああッ」

抗議する声が、途中からよがり泣きに変化する。

ペニスを強く突きこんだことで、亀頭が膣道の最深部に到達したのだ。絵菜は背中を大きく反らすと、両手の爪を木の幹に食いこませた。

「奥が好きなんですね……ううぅッ」

感じているのは佳宏も同じだ。唸りながら腰を振る。ペニスを力強く出し入れすれば、瞬く間に快感が高まった。

「ああッ、こ、声が……あああッ」

絵菜の喘ぎ声がとまらなくなる。懸命に抑えようとするが、それをうわまわる快感に押し流されていく。

「ううッ……うううッ」

佳宏も呻き声がとまらない。

力強く股間を打ちつけるたび、絵菜の剝き出しの尻がパンッ、パパンッと乾いた音を響かせる。

ふたりが出会った紅葉の森で、立ちバックで深々とつながっているのだ。それを考えると、なおさら快感が大きくなる。頭の芯が痺れたようになり、射精欲が急激に盛りあがった。

「お、俺、もうっ」

「ああッ、は、激しいっ」

絵菜は困惑しながら喘いでいる。

ペニスの抜き挿しに合わせて、いつしか女体が前後に揺れていた。無意識のうちに、より深い挿入を求めているのではないか。それならばと、佳宏は勢いよく男根をたたきこんだ。

「ひあああッ、い、いいっ」

絵菜は木の幹に爪を立てて、背すじをググッと反り返らせる。甲高い嬌声《きょうせい》を響かせると、全身をガクガクと震わせた。

「ああああッ、お、奥っ、はあああああッ」

よがり泣きが夜の森に反響する。

もしかしたら、軽い絶頂に達したのかもしれない。そんな絵菜の姿が、佳宏をますます興奮させる。欲望にまかせて腰を振り、ペニスを高速で出し入れして膣の奥をたたきまくった。

「あああッ、あああああッ」

「ううぅッ、で、出そうですっ」

佳宏が声をかけると、月明かりのなかで絵菜が何度もうなずいた。

「わ、わたしも……あああああッ」

絵菜も感じている。尻を大きく突き出して、さらなる抽送をねだっていた。

「おおおおおッ」

腰の振りかたを激しくする。ラストスパートに突入して、勢いよくペニスを出し入れした。

「くうううッ、で、出るっ、出ますっ、ぬおおおおおおおッ！」

ついに膣の奥深くに埋めこんだペニスが脈動する。先端から熱いザーメンが噴き出して、女の壺《つぼ》のなかを一瞬で満たしていく。強烈な快感にまみれながら、欲望をドクドクと注ぎこんだ。

「はあああッ、い、いいっ、あああッ、はあああああああッ！」

絵菜もほぼ同時に絶頂のよがり泣きを響かせる。立ちバックでペニスを根もとまで咥《くわ》えこみ、全身を歓喜に震わせた。

佳宏は精液を放出しながら、絵菜の背中に覆いかぶさる。両手を前にまわして乳房を揉むと、快感がさらに大きくなった。

もう、このまま離れたくない。ずっとつながったままでいたい。

無理な願いだとわかっているから、この快楽を少しでも長引かせたくて、しつこく腰を振りつづける。

明日の夜、佳宏は東京に帰らなければならない。

それを思うと、なおさら離れがたかった。しかし、精液を出しつくしたペニスは徐々に力を失っていく。それでもギリギリまで粘るが、やがて膣からヌルリッと抜け落ちた。

「あアンっ……」

絵菜の唇から気だるげな声が漏れる。

深いアクメに達して満足したのかもしれない。木の幹に両手をついたまま、まだ呼吸を乱していた。

ペニスを呑みこんでいた膣は、口をぱっくり開けたままだ。一拍置いて、大量に注ぎこんだ精液が逆流して溢れ出す。

月明かりのなかで、女体が艶《なま》めかしく揺れている。とろみのある白濁液が垂れ落ちて、紅葉の根もとにたまりを作った。

第四章　せつない約束

1

翌朝、佳宏は離れのベッドで目を覚ました。

今夜の最終列車で東京に帰らなくてはならない。祖父の葬儀で訪れたが、まさか絵菜と再会できるとは思いもしなかった。そして、悲しみに浸る間もなく、いろいろなことが次々と起きた。

昨夜は懐かしい紅葉の木の下で絵菜と交わった。

ふたりの距離はだいぶ縮まったと思う。恥じらってはいたが、本気で拒絶されることはなかった。しかし、佳宏がこの町を去ったら、それきりになるような気がしてならない。

（もう一度、会わないと……）

胸に焦りが湧きあがる。

このままでは、きっと一生後悔する。濃密な時間を共有しただけに、絵菜と離れることを考えるとせつなくなる。ほかのものをすべて奪われたとしても、絵菜だけは絶対に失いたくない。

シャワーを浴びて母屋に行くと、祖母と叔母と三人で朝食を摂った。

祖母は相変わらず仏間にいる時間が長いが、とりあえず食欲はあるようだ。今朝も焼き鮭と納豆、味噌汁とご飯一膳《ぜん》をしっかり食べた。

「じいさんのぶんも長生きしないとねぇ」

そんな言葉が出たので、ひとまずほっとする。

とはいえ、まだ落ちこむこともあると思う。叔母が近くに住んでいるので、しばらくは毎日通うことになっている。

「俺、ちょっと出かけます」

食事を終えると、佳宏はさりげなく告げて腰を浮かせる。すると、祖母と叔母が同時に顔をあげて、佳宏をじっと見つめた。

「なんですか……」

「絵菜ちゃんに会うのかなと思って」

叔母はなにやら楽しげだ。弾むような調子で言うと、口もとに意味深な笑みを浮かべた。

「うむ……あのおなごか」

祖母も入れ歯をモゴモゴさせながらつぶやき、糸のように細い目をキラリと光らせた。

祖母と叔母は、昨日の出来事の一部始終を目撃している。

宣継が怒鳴りこんできて、すぐに絵菜が駆けつけた。そして、身を挺《てい》して佳宏を庇ったのだ。

「絵菜ちゃん、すごかったわね。なかなかできることじゃないわ。よっぽど佳宏ちゃんのことを想ってるのね」

叔母に言われてはっとする。

確かに自分が暴力を振るわれるリスクがありながら、絵菜は躊躇することなく宣継と佳宏の間に割って入った。普通の女性にできることではない。勇気ある行動にあらためて驚かされた。

祖母は口を開かないが、静かにうなずいている。どうやら叔母の意見に異論はないようだ。

「佳宏ちゃんも好きなんでしょう」

「な、なに言ってるんですか」

いきなり核心を突かれて、しどろもどろになってしまう。慌てて表情を引きしめるが、内心激しく動揺していた。

「あら、違ったの」

「当たり前じゃないですか。絵菜さんは人妻ですよ」

自分の言葉で胸が苦しくなった。

絵菜はまだ離婚したわけではない。別れるとは言っていたが、宣継がごねる可能性もある。裁判になったら時間がかかるかもしれない。宣継は浮気をしていたが、絵菜も佳宏と関係を持ったのだ。そこを突かれると、面倒なことになる気がした。

「でも、別れるって言ってたじゃない」

「そんな簡単なことではないですよ」

またしても胸が苦しくなる。

宣継は束縛が激しく、絵菜に対する執着が強い。そう簡単にあきらめるとは思えない。

「そうかしら……」

叔母は思案顔になって黙りこむ。隣の祖母も相変わらず口を開かないが、目だけは爛々《らんらん》と光っていた。

「でも、佳宏ちゃんもかっこよかったわよ」

ふいに叔母がつぶやいて微笑んだ。

「バーンッて殴ったじゃない。佳宏ちゃんも男の子なのね」

「あれは、つい……」

「絵菜ちゃんを守るためだったんでしょう。たまにはいいじゃない。やるときにはやらないと。やさしいだけの男なんて魅力ないもの」

叔母の口からそんな言葉が出るとは意外だった。

叔父はおとなしい人で、虫も殺さないような顔をしている。しかし、叔母がそう言うのなら、やるときはやる男なのだろうか。

「ねえ、お義母さんも、そう思いますよね」

叔母が隣に座っている祖母に同意を求めた。

（いやいや、ばあちゃんに言っても無駄でしょ……）

佳宏は即座に心のなかでツッコミを入れる。ところが、意外なことに祖母が大きくうなずいた。

「うむ……じいさんもそうじゃった」

「えっ、おじいちゃんは人を殴ったりしないよね」

思わず声が大きくなる。

亡くなった祖父は、昔は厳しかったが、それでも人に手をあげるようなタイプではなかった。むしろ暴力を嫌っていたはずだ。

「お義父《とう》さんは正義の人でしたね。いざというときにガツンとやるのは、きっと遺伝なんでしょうね」

叔母の言葉を聞いて唖然《あぜん》とする。

まったく知らなかったが、祖父もやるときはやる男だったらしい。自分もその血を受け継いでいるのだろうか。

（確かに、昨日はとっさに……）

頭で考えるより先に殴っていた。殴り合いの喧嘩など一度もしたことがないのに、いっさい躊躇しなかった。

暴力は嫌いだが、愛する人を守るためには必要なときもある。そのことを昨日の一件で実感した。きれいごとだけでは愛する人を守れない。絵菜を守るために宣継を殴ったことを、いっさい後悔していなかった。

2

インターホンを鳴らすと、いきなり玄関ドアが開いた。

「来ると思ったわ」

絵菜が笑顔で迎えてくれる。

フレアスカートに白いブラウスという服装だ。派手さはないが、清潔感のある服がよく似合っている。

「お話があります」

「どうぞ、あがって」

やさしい瞳を向けられて、佳宏の緊張は少しだけ緩んだ。

居間に通されるとすぐに正座をする。絵菜はお茶を淹《い》れると言ったが、とにかく座るようにうながした。

大事な話があると悟ったらしい。絵菜も座卓を挟んだ向かい側で背すじを伸ばして正座をした。

「今日の最終列車で東京に帰ります。その前に、どうしても絵菜さんにお伝えしたいことがあって、お邪魔しました」

「はい……」

佳宏の緊張が伝わったのか、絵菜の表情も硬くなっている。どんな内容なのか、予想はついていると思う。だが、受け入れるつもりがあるのか、それとも断るつもりなのか、表情からは読み取れない。

「俺は絵菜さんのことを真剣に考えています」

意を決して切り出した。

「すぐには無理かもしれませんが、いずれ……」

緊張のあまり言葉が出なくなってしまう。慌てて下っ腹に力を入れると、再び言葉を紡いだ。

「結婚してくださいっ」

「よ、佳宏くん……」

絵菜が目をまるくしている。

その顔を見て、いきなり結婚の話から入ったのは失敗だったと気づいた。しかし、今さら時間を巻き戻すことはできない。座布団をはずすと、頭をさげて額を畳に擦りつける。

「す、好きです……結婚を前提におつき合いしてくださいっ」

ありったけの真心をこめて言い直した。

重苦しい沈黙が流れて、緊張感が高まっていく。三十秒なのか一分なのか、いや、もっと経っているかもしれない。断られる気がして、息ができないほど胸が苦しくなった。

「顔をあげて……」

ようやく絵菜の声が聞こえる。やけに淡々としており、無理に感情を抑えている気がした。

「お返事を聞かせてください」

額を畳に擦りつけたままでつぶやく。なにを言われるのか不安で、顔をあげることができなかった。

「返事をする前に、わたしのことも話しておかないといけないの。夫のこと、まだ聞いてないでしょう」

そう言われて思い出す。

宣継の件が、まだ解決していなかった。昨日、町長に連れ去られてから、どうなったのだろうか。

「これではお話ができないわ。お願いだから顔をあげて」

懇願されて恐るおそる顔をあげる。すると、絵菜は思いのほか穏やかな表情を浮かべていた。

「どうなったんですか」

あまり期待せずに尋ねる。

離婚というのは、そう簡単なことではないだろう。宣継のような男は自分勝手なことをしていながら、いざとなるとごねたりするものだ。独占欲が強いのはわかっているので、なおさら不安だった。

「町長さんが間に入ってくれて、正式に離婚することになったわ。じつは、もう離婚届を提出したの」

「えっ、もうですか」

思わず驚きの声をあげる。

まさか昨日の今日で、すでに離婚しているとは思いもしない。しかし、裏を返せば、絵菜の心はとうの昔に決まっていたということだ。町長の圧力もあり、宣継はサインせざるを得なかったのではないか。

「町長さんが、決めたのなら早いほうがいいって。あの人は、二度とこの町には住めないそうよ」

それを聞いて、とりあえずほっとする。

宣継では絵菜を幸せにできない。絵菜を好きだったのかもしれないが、彼の想いはあまりにも一方的なものだった。

(俺は、どうなんだ……)

ふと自分を顧みる。

本当に絵菜のことを考えているのだろうか。自分の想いを押しつけているだけではないか。どちらか一方だけではなく、ふたりとも幸せになれなければ意味がない。

「俺は本気です。本気で絵菜さんを幸せにしたいんです」

あらためて決意を口にする。

これまで絵菜はつらい結婚生活を送ってきたのだ。そのぶんも幸せにならなければならない。これからは毎日、ふたりで笑って過ごしたい。

「ありがとう……」

絵菜がぽつりとつぶやいた。

そして、柔らかい笑みを浮かべてくれる。これまで以上にやさしい瞳を佳宏に向けた。

「佳宏くん、支えてくれてありがとう。あなたがいなかったら、わたし……たぶん、こんなふうに前に進めなかった」

自分の言葉を嚙みしめるようにしながら、絵菜が感謝の言葉を紡いだ。

彼女を支えたつもりはない。むしろ佳宏のほうが慰めてもらって、たくさんの勇気をもらった。両親が離婚して暮らしが大変になったときも、心に絵菜がいたからがんばることができたのだ。

「絵菜さんと、ずっといっしょにいたいです」

「わたしも、ずっといっしょにいたい」

絵菜の瞳には涙が滲んでいる。

思わずもらい泣きしそうになり、佳宏は奥歯を強く嚙んでグッとこらえた。自分まで泣いている場合ではない。まだ大切な話が残っていた。

「俺は今日の最終列車で東京に帰らなければなりません。今すぐは無理でも、できればついてきてほしいと思っています」

ふたりの今後を左右することだ。

だが、絵菜がこの町を好きなこともわかっている。両親が残した家に住みたいというのなら、移住することも視野に入れて検討したい。しかし、仕事が見つかるかどうかの不安もある。

「そうね。考えなければならないことは、たくさんあるわ。でも……」

絵菜がすっと腰を浮かせる。そして、座卓をまわりこむと、佳宏の横で正座をした。

「あとで考えましょう」

「でも、あんまり時間がないんです」

こちらにいるうちに、できるだけ決めておきたい。急なことでお互いにとまどいはあるが、ふたりの今後について、なにか確実なものがほしい。

「心配ないわ。電話やメールもあるでしょう」

両手を佳宏の肩に添えて、顔をゆっくり近づける。そのまま流れるような動きで唇を重ねた。

「ンっ……」

絵菜の微かな息づかいが聞こえる。

柔らかい唇の感触に陶然となり、佳宏は目を見開いて固まった。まさか絵菜のほうから口づけしてくれるとは思いもしなかった。

3

「今はふたりでいられる時間を大切にしたいの」

絵菜が至近距離から目を見つめてささやいた。

「でも……」

「だって、今夜の列車で帰ってしまうのでしょう」

確かに絵菜の言うとおりだ。

佳宏が東京に帰ったら、しばらく会えなくなる。こうして、ふたりでいられる時間は貴重だった。今はほかのことを考えず、いっしょにいられる幸せに浸っていたい。

「絵菜さん……」

今度は佳宏のほうから手を伸ばして、彼女の肩にそっと触れる。そのまま抱き寄せようとするが、絵菜が両手を胸板に押し当てた。

「待って」

拒絶された気がして淋しくなる。

仕方なく手を離すと、またしても絵菜のほうから唇を重ねた。さらには舌先で佳宏の唇を舐めまわして、口内にヌルリッと挿し入れる。とまどう佳宏の舌をからめとり、唾液ごとジュルルッと吸いあげた。

「今日はわたしの好きなようにさせてほしいの」

「い、いいですけど……」

いったい、どうしたというのだろうか。

いつも受け身だったのに、今日の絵菜はやけに積極的だ。もしかしたら、離婚が正式に決まったことで、心境の変化があったのではないか。夫婦は破綻していたとはいえ、妻であることが心の枷《かせ》になっていたのだろう。今は解放された気分なのかもしれない。

「佳宏くん……はンンっ」

絵菜は再び唇を重ねると、佳宏の口のなかを舐めまわす。歯茎や頬の内側を舌先でくすぐり、舌を強く吸いあげた。

さらにディープキスをしながら、肩を押して倒す。佳宏は畳の上で仰向けになった状態だ。絵菜が覆いかぶさり、睫毛を半分伏せた色っぽい表情で舌をからめていた。

絵菜が上になったことで、甘い唾液が佳宏の口内に流れこむ。躊躇することなく飲みくだせば、心まで蕩けてうっとりする。佳宏も舌を伸ばして、彼女の口のなかを舐めまわした。

「え、絵菜さん……うむっ」

「あンっ……はああンっ」

キスはますます濃厚なものに変化する。ふたりは舌をヌルヌルとからめては、唾液を吸い合って嚥下《えんか》した。

「ああっ、佳宏くん……」

絵菜が両手で佳宏の髪をかき乱して、延々と舌を吸いつづける。それだけでペニスが硬くなり、チノパンの股間が張りつめた。

それを察知したのか、絵菜の手が股間に伸びる。そして、チノパンのふくらみにそっと触れた。

「うっ……」

「すごい……パンパンになってるわ」

「え、絵菜さんがキスをするから……」

呼吸を乱しながらつぶやくと、絵菜はうれしそうに目を細める。そして、チノパンの上から太幹をキュッと握った。

「ううっ」

「それなら、わたしが責任を取らないといけないわね」

布地ごしに竿をやさしくしごかれて、亀頭の先端から我慢汁が溢れ出す。早くもボクサーブリーフの内側を濡らすのがわかった。

「くううっ」

「窮屈そうね。服を脱ぎましょうか」

絵菜はベルトを緩めると、チノパンのボタンをはずしてファスナーを引きさげる。そして、チノパンを一気におろして、つま先から抜き取った。

ボクサーブリーフの股間は大きなテントを張っている。頂点部分には黒いシミがひろがり、ヒクヒクと揺れていた。絵菜はボクサーブリーフもあっさりおろすと、勃起したペニスが剝き出しになった。

「こんなになって……ああっ、やっぱり大きい」

絵菜がため息まじりにつぶやき、膝立ちになったブラウスのボタンを上から順にはずしていく。前がはらりと開いて、純白のブラジャーが露になった。総レースのセクシーなデザインで、美しい乳房をより魅惑的に彩っていた。

絵菜は立ちあがると、スカートもおろして足から抜き取った。するとブラジャーとお揃いのパンティが現れる。布地の面積が小さくて、サイドが紐《ひも》になっているタイプだ。肌に密着しているため、恥丘のこんもりとした肉づきがはっきりわかった。

「どうかしら……」

絵菜は頬を薄ピンクに染めて、腰を微かにくねらせる。

総レースで純白のブラジャーとパンティは、色っぽいと同時にウエディングドレスを思わせた。

――来ると思ったわ。

先ほど絵菜はそう言った。

もしかしたら、見せることを前提に選んだのではないか。最初から佳宏を押し倒すつもりだったのかもしれない。考えれば考えるほど、そんな気がして腹の底から喜びがこみあげる。

「す、素敵です……」

佳宏は思わずつぶやいた。

体を起こすと、シャツを脱ぎ捨てて裸になる。絵菜を抱きしめたい衝動に駆られるが、その前に彼女のほうから佳宏をやさしく抱擁した。

「本当にありがとう」

頰を寄せて穏やかな声で礼を言われる。その言葉が胸に染みわたり、熱い想いとなって全身を駆けめぐった。

ふたりは再び唇を重ねて、舌を深く深くからませる。心を通わせてキスをすることで、さらに気持ちが高まってくる。唾液を何度も交換して、いきり勃った男根を彼女の柔らかい下腹部に押しつけた。

「すごく熱くなってる」

絵菜はペニスをチラリと見やり、口もとに微笑を浮かべる。そして、畳の上で仰向けになるように佳宏を誘導した。

「わたしのこと、忘れないでね」

絵菜はそう言いながら、佳宏の脚の間に入って正座をする。

今夜、佳宏が東京に帰って、一時的に離ればなれになることを心配しているのだろうか。永遠に会えなくなるわけではないが、絵菜が淋しがってくれるのがうれしかった。

「忘れるわけ――ううッ」

佳宏の声は途中から呻き声に変化した。

絵菜の細い指が太幹に巻きついて、ゆるゆるとしごきはじめたのだ。両手で大切そうに握り、上下にゆったり動かしている。先端から透明な我慢汁がどんどん溢れて、亀頭と竿を濡らしていく。

「くうッ……」

呻きながらも、絵菜の左手が気になった。

薬指のリングが消えている。夫婦は破綻していたが、絵菜はリングをはずさなかった。もしかしたら、自分なりのけじめがあったのかもしれない。だが、正式に離婚したことで、ついにリングをはずしたのではないか。

（もう、俺だけのものだ……）

そう思うことで、興奮がさらに高まった。

絶対に絵菜を離さない。そして、自分の手でなんとしても幸せにすると心に固く誓った。

「すごく大きくて、すごく熱いわ」

絵菜のささやきが、佳宏の欲望をますます加速させる。

我慢汁が潤滑油となることで、指の動きがスムーズになり、快感が一気にふくれあがっていく。ペニスはさらに雄々しく反り返り、我慢汁の湧出がとまらなくなった。

「き、気持ちいいです……」

手でしごかれてるだけなのに、早くも射精欲が生じている。

だが、そう簡単に終わらせるわけにはいかない。この最高の時間を少しでも長引かせたい。

「もっと、気持ちよくしてあげる」

絵菜はそう言うと、正座の姿勢で上半身を伏せていく。顔を股間に寄せて、亀頭にフーッと息を吹きかけた。

「ううッ……」

思わず声が漏れる。期待がふくらんで、亀頭がさらにひとまわり大きく張りつめた。

「本当に大きい……男らしいのね」

絵菜は息がかかる距離でペニスを見つめている。根もとには指をからみつかせたままで、軽くゆるゆるとしごいていた。

（ま、まだまだ……）

心のなかでつぶやき、自分自身に気合を入れる。

男らしいと言われてテンションがあがった。絵菜の言葉はいつだって佳宏を元気づけてくれる。これまでも、これからさきもずっと同じだ。そう簡単に射精してたまるかと、気合を入れて尻の筋肉に力をこめた。

その直後、ヌルリッとした感触がペニスに走り、佳宏の意志とは無関係に全身が反り返った。

（ま、まさか……）

信じられない光景が股間にひろがっている。

絵菜がピンク色の舌をのぞかせて、ペニスの裏側を舐めあげたのだ。甘い刺激が走り抜けて、両脚がつま先までピーンッと伸びきった。

（絵菜さんが、こんなことを……）

口での愛撫は予想外だ。

うれしい誤算に、新たな我慢汁が溢れ出す。すでにペニス全体がぐっしょり濡れており、牡の臭いも強烈に漂っている。股間に顔を寄せている絵菜は、より強く感じているはずだ。しかし、いやな顔をすることなく、舌をペニスの根もとから先端に向かって、ゆっくり這わせていた。

「え、絵菜さん……ううッ」

「こうすると気持ちいいんでしょう」

絵菜は頬を赤く染めて、自信なさげに首をかしげる。

あまり経験がないのかもしれない。確かに舌の動きは遠慮がちだ。舌先は微かに触れているだけで、裏スジを恐るおそるといった感じで這いあがる。その動きが、かえって焦《じ》れるような快感を生み出していた。

「ううぅッ」

舌先がカリ首の裏に到達すると、思わず声が大きくなる。

敏感な場所を繊細なタッチで舐められて、腰に小刻みな震えが走り抜ける。ペニスも勝手に小さく跳ねた。

「あっ……強すぎたら言ってね」

絵菜は舌先を離すと、心配そうに尋ねる。

力の加減に迷いがあるらしい。痛みを与えないように意識するあまり、なおさら触れるか触れないかの慎重な愛撫になるようだ。その結果、焦燥感を煽る刺激となり、佳宏を燃えあがらせていた。

「す、すごく、気持ちいいです……くううッ」

佳宏は両手の爪を畳に食いこませる。そうでもしなければ、この快感に耐えられない。首を持ちあげて股間を見やると、絵菜がうれしそうに目を細めた。そして、カリ首の裏側をチロチロとくすぐるように舐めまわした。

「ううぅッ……」

またしても声が漏れて、体がビクッと反応する。我慢汁がとまらなくなり、ペニス全体を濡らしていた。

「ここが感じるのね」

絵菜は裏スジとカリ首の裏を重点的に愛撫する。

強さも絶妙で、快感がどんどん大きくなる。総レースの下着も色っぽくて、視覚的にも射精欲が刺激された。

「そ、そんなにされたら……」

我慢できなくなってしまう。

もう、セックスしたくてたまらない。早く絵菜の膣のなかに入りたい。深い場所でつながって、身も心もひとつになりたい。快楽を共有したくて、震える声で訴えた。

「佳宏くんが感じてくれて、うれしい……はむンっ」

絵菜は目を細めると、いきなり亀頭を咥えこんだ。

「そ、そんな、まさか……」

こんな日が来るとは思いもしない。

あの絵菜が己のペニスを咥えている。信じられないことにフェラチオしているのだ。

まったく想像したことがないといえば嘘になる。だが、それは自分のなかでの妄想にすぎない。あくまでも妄想で、現実になるとは思っていなかった。だからこそ、魂が震えるほど興奮していた。

「ンンっ……」

絵菜は柔らかい唇を硬い竿に密着させている。

我慢汁にまみれているが、気にすることはない。それどころか、まるで飴玉《あめだま》をしゃぶるように、亀頭に舌を這わせている。

「くうっ、え、絵菜さん……」

佳宏はたまらず呻いた。気を抜くと射精欲に呑みこまれそうで、崖《がけ》っぷちで懸命に踏んばった。

やがて絵菜は顔をゆっくり押しつけて、唇をじりじりと滑らせはじめた。軽く擦られるだけでも強烈な快感だ。蕩けそうなほど柔らかい唇が、えも言われぬ愉悦を生み出している。

「くううッ、す、すごい……」

ついにペニスが根もとまで口に収まった。

絵菜は眉を苦しげに歪めているが、それでも首をゆったり振って、唇で竿を擦りあげる。唾液と我慢汁でヌルヌルになっているため、動きはスムーズだ。二、三回往復しただけで、こらえきれないほど射精欲が高まった。

「そ、それ以上、されたら……ううう ッ」

呻きまじりに訴える。

しかし、絵菜は愛撫をやめようとしない。首をリズミカルに振り、甘い刺激を与えつづける。我慢汁がとまらない。腰が小刻みに震えて、今にも暴発してしまいそうだ。

「くううッ、ダ、ダメですっ」

「あふっ……はむっ……むふンっ」

絵菜の鼻にかかった声も、聴覚から射精欲を刺激する。

唇が一往復するたび、快感がどんどん大きくなっていく。腰の震えがとまらなくなり、やがて熱い口内でペニスがググッと反り返った。

「ううウッ、も、もうダメですっ」

焦って訴えるが、絵菜はペニスを放さない。それどころか、ますます深く咥えこんで、猛烈な勢いで吸引した。

「おおおッ、で、出るっ、くおおおおおおおおおッ！」

雄叫びとともに、根もとまで咥えられたペニスが跳ねあがる。

太い竿が脈動して、尿道口から勢いよく精液が噴き出した。吸い出されることで射精の速度がアップする。高速でザーメンが駆け抜けて、凄まじい快感が脳天まで突き抜けた。

「おおおッ……おおおおッ」

もはや佳宏は唸ることしかできない。無意識のうちに尻を畳から浮きあがらせて、全身を硬直させた。

好きな人の口のなかに精液を注ぎこんでいるのだ。いけないことをしていると思うと、なおさら快感が大きくなる。絶頂が長くつづいて、何回にもわけて白濁液を噴きあげた。

「はンンンッ」

絵菜はペニスを根もとまで咥えたまま、欲望の汁をすべて受けとめる。そして、困ったように眉を歪めながらも、喉をコクコク鳴らして精液を飲みほした。

「ううっ……」

たっぷり放出すると、急激に全身から力が抜けていく。宙に浮かせていた尻が畳の上にゆっくり落ちた。

「濃いのがたくさん……いっぱい出たね」

絵菜がようやくペニスを吐き出すと、細い指先で口もとを拭《ぬぐ》う。そして、やさしげな瞳で微笑んだ。

「気持ちよかったのかな」

「も、もちろんです。最高でした」

佳宏は息を切らしながら答える。強烈な絶頂の名残で、頭の芯がジーンと痺れたようになっていた。

(絵菜さんが、本当に俺の精液を……)

飲んでくれたことで、胸に熱いものがこみあげる。またひとつ絆が深まった気がして、思わず絵菜の手を握りしめた。

4

「まだ硬いままなのね……」

絵菜はペニスを見おろしてぽつりとつぶやいた。

両手を背中にまわしてブラジャーのホックをはずすと、おずおずとカップをずらして取り去った。大きな双つの乳房がタプンッと波打ちながら露になる。ペニスをしゃぶったことで興奮したのか、乳首は硬く隆起していた。

「あんまり、見ないで……」

はじめてではないのに、絵菜の頬は赤く染まっている。

そうやって恥じらいを忘れない姿が、佳宏の欲望を刺激してやまない。無意識のうちに首を持ちあげて乳房を凝視する。見ないでと言われても、目をそらせるはずがなかった。

「見ないでって言ってるのに……」

絵菜はそう言いながら、パンティに手を伸ばす。サイドの紐をほどくと、股間を覆っている布地は力を失ってはらりと落ちた。

「ああっ……」

絵菜の唇から恥じらいの声が漏れる。

黒々とした陰毛がまる見えになり、慌てて内腿をぴったり閉じた。そんな仕草が愛おしくて、佳宏のペニスはググッと反り返る。亀頭はこれでもかとふくらんで、カリも鋭角的に張り出していた。

「すごいわ……あんなにいっぱい出したのに」

絵菜は火照った顔でつぶやくと、片足をあげて佳宏の股間をまたいだ。

ほんの一瞬、サーモンピンクの陰唇がチラリと見えた。ヌラヌラ光っているのは華蜜で潤っている証拠だ。ペニスをしゃぶりながら、女の源泉をぐっしょり濡らしていたに違いない。

(絵菜さんも興奮してるんだ……)

そう思うことで、佳宏もさらに昂った。

絵菜はそそり勃ったペニスの真上にまたがり、両膝を畳につけた騎乗位の体勢になっている。右手を股間に伸ばして竿をつかむと、亀頭を膣口へと導いて押し当てた。

「うっ……」

思わず小さな声が漏れる。

亀頭と陰唇が触れて、華蜜と我慢汁が湿った音を響かせた。甘い痺れがひろがり、条件反射で股間をクイッとしゃくる。すると、ペニスの先端が陰唇の狭間に沈みこんだ。

「あンっ、佳宏くんは動かないで」

絵菜は両手を佳宏の腹について、尻をゆっくりおろしはじめる。ところが、すぐに動きをとめて固まった。

「どうしたんですか」

まだ亀頭が半分ほどしか入っていない。なぜか中途半端な位置で挿入を中断していた。

「お、大きすぎて……入らないわ」

絵菜は眉を八の字に歪めている。

ペニスの大きさに困惑しているらしい。これまでは佳宏が挿入していたので問題なかったが、自分で挿れるとなると勝手が違うようだ。尻を落とすことができず、今にも泣きそうな顔になっている。

「挿れたことあるんだから大丈夫ですよ」

佳宏が声をかけるが、絵菜は首を小さく左右に振った。

「この格好、はじめてなの……」

自らまたがったのに、騎乗位の経験がないという。

てっきり宣継に命じられて、やらされていたのだと思った。まさか、これが初挑戦とは驚きだ。

（そうか、はじめてなんだ……）

腹の底から喜びがこみあげる。

ほかの男と経験がないことを、自分とやろうとしてくれた。その気持ちがうれしくて、ますます興奮がふくれあがった。

「腰をゆっくり落としてください」

佳宏は仰向けの状態で手を伸ばして、絵菜のくびれた腰に添える。そして、慎重にゆっくり引きさげた。

「あっ……あっ……あああッ」

絵菜の声がいっそう大きくなる。

その直後、亀頭が二枚の陰唇を巻きこみながら、膣のなかに入りこんだ。いちばん太いカリの部分が膣口を通過してしまえば、あとは簡単に根もとまでズブズブと収まった。

「ううッ、は、入りましたよ」

熱い媚肉の感触に唸りながら語りかける。

股間に視線を向ければ、ペニスはすっかり見えなくなっていた。長大な肉棒がすべて絵菜の膣のなかに入っているのだ。彼女の体重がかかることで、亀頭が膣の行きどまりに到達していた。

「あううッ、お、奥まで……」

絵菜が苦しげな声を漏らす。

下腹部が波打ち、それに合わせて膣のなかもうねっている。ペニスが絞りあげられて、快感がふくれあがった。

「す、すごいっ、ううぅッ」

なんとか耐えるが、膣のなかで我慢汁が大量に噴き出した。

まだ挿入しただけだというのに、早くも射精欲が生じている。身体だけではなく、ふたりの心がつながっていると感じるから、なおさら快感は大きなものになっていた。

「え、絵菜さん……動いてください」

射精欲をこらえながら語りかける。

このままだと暴発してしまう。動かずに発射してしまうのは、あまりにも格好悪い。早く絵菜に動いてほしかった。

「ひ、膝が痛くて……」

絵菜が申しわけなさそうにつぶやいた。

畳に膝をついているので、擦れて痛むらしい。はじめての騎乗位なので、そういうこともあるだろう。座布団を膝の下に置けば解決するが、手の届くところになかった。

「それなら、こうしたほうがいいですよ」

佳宏は彼女の足首をつかむと、両膝を立てさせた。

これで絵菜は和式便所で用を足すときのような格好になる。佳宏の視線からだと、下肢をM字形に開いた状態だ。

「は、恥ずかしい……」

絵菜は顔をまっ赤に染めて、立てた膝を閉じようとする。しかし、佳宏にまたがっているので、完全に閉じることは不可能だ。

「これなら膝は痛くないですよね」

「そ、そうだけど……恥ずかしいわ」

絵菜が涙目になって訴える。

元来、奥手の絵菜が恥ずかしがるのは当然だ。宣継もいろいろ命じていたわけではないらしい。おそらく、受け身のセックスしか経験がないのではないか。それなのに、膝を立てた騎乗位でつながっているのだ。

「ねえ、佳宏くん……」

激烈な羞恥に襲われているに違いない。絵菜は小声でつぶやくと、焦れたように腰をよじった。すると、膣のなかのペニスが刺激されて、鮮烈な快感が脳天まで突き抜けた。

「ううッ、い、いきなり動かないでください」

「あンっ、ごめんね……でも、恥ずかしいの」

絵菜は腰の動きをぴたりととめる。

しかし、ペニスを咥えこんだ媚肉は微かに蠢いており、常に刺激を与えつづけていた。燻《くすぶ》るような快感がつづいているため、我慢汁がとまらない。股間を突きあげたい衝動がふくらんだ。

「俺しか見てないんだから大丈夫ですよ」

「佳宏くんが見てるから、恥ずかしいんじゃない」

絵菜は拗《す》ねたような瞳で、佳宏の顔を見おろした。

そうやって恥じらう絵菜に、ますます惹きつけられる。佳宏は両手を伸ばして下から乳房を揉みあげた。

「あンっ、なにしてるのよ」

「絵菜さんのおっぱいに触りたくなったんです」

「もう……恥ずかしいって言ってるのに」

絵菜はそう言ってにらむが、本気で怒っているわけではない。唇の端に微かな笑みを浮かべて、腰を大きくよじらせた。

「ううウッ、ちょ、ちょっと……」

「こうすると、気持ちいいのよね」

先ほどの動きで学んだらしい。絵菜はわざと腰をよじり、根もとまで埋まっているペニスを膣壁で刺激する。

「ううッ、そ、それ……ううッ」

たまらず呻き声が溢れ出す。

無数の襞が亀頭と竿にからみつき、四方八方から揉みくちゃにされている。強烈な快感が押し寄せて、腰が小刻みに震え出す。このままでは快楽に流されてしまう。なんとか反撃しようと、双つの乳首を指先で転がした。

「ああンっ、そんなことされたら……」

絵菜の声が艶を帯びる。

腰をくねらせてペニスを刺激しながら、自分も感じているらしい。華蜜が大量に分泌されて、結合部分から湿った音が響きわたった。

「え、絵菜さんっ、き、気持ちいいですっ」

「わ、わたしも……なかがゴリゴリ擦れるの」

絵菜の唇は半開きになっている。

どうやら張り出したカリが膣壁にめりこんでいるようだ。愉悦に突き動かされているのか、腰のくねりかたが激しさを増してくる。その結果、ペニスに与える刺激が大きくなり、絵菜自身が受ける快感もふくれあがる。

「き、気持ちいいっ、ううウッ」

「ああッ、い、いいっ、あああッ」

絵菜は喘ぎながら、股間を擦りつけるようにグリグリまわす。ピストンのように激しい快感ではないが、臼《うす》を挽《ひ》くような回転運動が、たまらない快楽を生み出していた。

「くうゥッ、お、俺、もう……もうっ……」

射精欲が爆発寸前までふくらんでいる。膣のなかでペニスが限界まで膨張しており、小刻みに震え出していた。

「あああッ……あああああッ」

絵菜も切羽つまった声をあげている。

もはや意味のある言葉を発することもできず、ただ腰を振りながら喘ぐだけになっていた。

「くおおおッ、も、もうっ」

これ以上は我慢できない。両手でくびれた腰をつかむと、股間を思いきり突きあげた。

「ひあああッ、ふ、深いっ、あああッ、イクッ、イクうううううッ！」

亀頭が膣の奥深くに到達して、絵菜がよがり声を響かせる。顎を跳ねあげると同時に、背中を大きく反り返らせた。

「お、俺もっ、おおおおッ、ぬおおおおおおおおおおッ！」

佳宏も雄叫びを轟《とどろ》かせて、思いきり精液を放出する。フェラチオでたっぷり射精したにもかかわらず、驚くほど大量の白濁液が噴きあがった。

絵菜が力つきて胸もとに倒れこむ。佳宏はしっかり抱きとめると、さらに股間を突きあげた。

「おおおおッ！」

「はあああッ！」

佳宏の呻き声と、絵菜の喘ぎ声が交錯する。

これまでの人生で最高の快感だ。同時に絶頂しながら抱き合うことで、さらに愉悦が深まっていく。身も心もひとつに溶け合う感覚に包まれて、多幸感が湧きあがった。

二度も絶頂に達したせいか、ふいに睡魔が押し寄せる。

体がふわふわと浮きあがるような錯覚に囚《とら》われて、意識がぼんやりして霞《かす》んでいく。それでも絵菜の身体を抱きしめると、首すじにそっと口づけする。うっすら汗ばんだ肌の感触に酔いながら、いつしか瞼を閉じていた。

（あれ……）

ふと目が覚めると、絵菜の姿がなかった。

佳宏は畳の上に横たわっており、体には毛布がかかっていた。絵菜がかけてくれたに違いない。シャワーを浴びているのだろうか。しかし、家のなかはシーンと静まり返っていた。

ガラス戸から射しこむ日の光がオレンジ色になっており、なんとなく淋しくなってしまう。

体を起こして見まわすが、やはり絵菜はどこにもいない。

「絵菜さん……」

声に出して呼んでみる。

しかし、反応はない。もう一度、大きな声で呼ぼうとしたとき、座卓に一枚の便箋《びんせん》が置いてあることに気がついた。

佳宏くん

黙っていなくなって、ごめんなさい。

ふたりのこれからを真剣に考えた結果です。わたしたちは再会して、わずかな時間で惹かれ合いました。佳宏くんの気持ちは伝わっているし、わたしも佳宏くんのことを想っています。

でも、再会してからの時間が短いのが気になっています。

ただの勢いだけなのかもしれない。許されない関係だからスリルを楽しんでいただけかもしれない。一瞬だけ燃えあがっただけなのかもしれない。そんなことを考えてしまうのです。

これから一年、お互いに連絡を取るのはやめましょう。それでも気持ちが変わらなかったら、それでも佳宏くんがわたしのことを想ってくれるのなら、一年後の今日、あの場所で待っています。

自分勝手なことを言って、ごめんなさい。

絵菜

手紙を読み終えて、佳宏は呆然とした。

こんな展開はまったく予想していなかった。

気持ちが通じ合ったと思っていた。これから、ふたりで幸せになれると信じて疑わなかった。

(それなのに、どうして……どうしてだよ)

怒りがじわじわと湧きあがる。

手にしていた手紙を思わずグシャッと握りしめた。裏切られた気持ちになり、奥歯が砕けそうなほど強く噛んだ。

「絵菜さんっ」

気づくと大声で名前を呼んでいた。

家にいないのはわかっている。佳宏が最終列車に乗るまで、きっと姿を見せないつもりだ。

(どうして、俺を試すようなことをするんだっ)

スマホを取り出して、アドレス帳を開いた。

そして、絵菜の名前をタップしようとして指を伸ばす。だが、ギリギリのところで踏みとどまった。

「くっ……」

なにか理由があるはずだ。

絵菜の気持ちは本物だったと思う。

もちろん、自分の気持ちも嘘偽りのない本物だ。それは絵菜にも伝わっていたはずだ。

手のなかでグシャグシャになっている手紙を、座卓の上でひろげて丁寧に伸ばした。

絵菜の心情をすべて拾いあげるつもりで何度も読み返す。

確かに再会してからの時間は短い。でも、そのぶん濃厚だったと思う。

絵菜は離婚することになり、恋愛することを恐れているのかもしれない。信じたい気持ちはあっても、不安になってしまうのではないか。

（そうか……そうだよな）

もともと好きで結婚した相手と破局したのだ。

絵菜が傷ついていないはずがない。今も心に深い傷を負っており、どこかで怯えているのではないか。

一方的に押しつけるのは違う。

それでは、宣継と同じだ。絵菜のことを考えて、理解してやらなければならない。こうして姿を消したのも、彼女なりの考えがあってのことだ。手紙を残してくれたのは、精いっぱいの誠意だと思う。

（俺の気持ちが変わることはない……）

一年経てば絵菜に会えるはずだ。絵菜の気持ちも変わらないと信じたい。

（絵菜さんは俺の気持ちを信じてくれるだろうか……）

祈るような気持ちで、燃えるようなオレンジ色に染まった空をガラス戸ごしに見つめた。

一年後、絵菜にふさわしい男になって再会するつもりだ。

それまで、いっさい連絡はしないし、この町にも戻らない。

つらい結婚生活を経験した絵菜を安心させるためには、この試練を乗りこえるしかなかった。

第五章　シャワーはふたりで

1

落ち葉で滑りそうな山道を慎重に登る。

ここを訪れるのは一年ぶりだ。逸る気持ちを懸命に抑えて、噛みしめるようにしながら一歩一歩ゆっくり進んだ。

今日は有給休暇を使って、この町に戻ってきた。

佳宏はダークグレーのスーツを着て、あえて革靴を履いている。山を登る服装ではないが、この一年、がんばってきた姿を、あの人に見てもらいたいという気持ちがあった。

秋晴れの空はどこまでも青く高い。木々の葉は燃えるような赤や、鮮やかな黄に色づいている。

なにもかもが懐かしい。

愛しい人はいるだろうか。不安がないといえば嘘になる。でも、これまでと同じように、とにかく信じて一歩ずつ進んでいく。

ジャケットのポケットには、あの手紙が入っている。

時刻は書かれていなかったが、ふたりがはじめて会った日と同じだと直感した。忘れもしない、十二歳の秋、正午すぎだ。

あの日からすべてがはじまった。

ふたりの原点ともいえるあの場所、あの時刻に再会して、新たな一歩を踏み出すつもりなのではないか。佳宏は手紙を読んで、そう解釈した。

（きっと会える……きっと……）

心のなかでくり返しながら歩を進める。

絵菜の気持ちは、誰よりも理解しているつもりだ。

もし理解できていなかったら、絵菜に会うことはできない。ふたりの心はすれ違っているということだ。だからといって、あきらめることはできないが、今は信じるしかない。

この一年、絵菜に連絡を取りたい気持ちを必死に我慢した。

電話番号もメールも知っているだけに、我慢するのはなおさらつらかった。それでも、絵菜の気持ちを考えて耐えつづけた。

信用してもらえる男になりたい。絵菜にふさわしい男になりたい。その一心で日々を過ごしていた。

会えない淋しさを紛らわせるため、とにかく仕事に没頭した。それまでは平凡な社員のひとりだったが、営業成績は格段にアップして、何度か月間賞を獲得するまでになった。

自分としてはまだまだ物足りないが、それでも一年前よりは逞《たくま》しくなったと思う。この調子でがんばれば、やがて昇進も見えてくるはずだ。

しかし、絵菜はこの町に住みたいと言うかもしれない。そのときは、今の仕事をきっぱり辞めて移住するつもりだ。

これまでがんばってきたことが無駄になるとは思わない。努力する尊さを知ったことが、なによりの財産になっている。

(それというのも……)

すべて絵菜のおかげだ。

思い返せば、十二歳で絵菜に出会ってから、ずっと助けられていた。両親が離婚しても、非行に走らなかったのは絵菜が心にいたおかげだ。仕事をがんばれたのも、絵菜に見合う男になるためだ。

会いたい。今すぐに会いたい。

やがて、ひときわ大きな紅葉の木が現れた。十二歳の佳宏が、むしゃくしゃして蹴っていたあの大木だ。

しかし、絵菜の姿は見当たらない。

周囲に視線をめぐらせるが、どこにもいなかった。もしやと思って木の裏側をのぞきこむ。だが、結果は同じだ。

（絵菜さん、どこですか。ふざけていないで出てきてください）

心のなかで呼びつづける。

絵菜がいたずらをしているに違いない。あたふたする佳宏のことを、どこかに隠れて見ているに違いない。そう思いたかったが、絵菜はいつまで経っても現れなかった。

（どうして……）

心のなかで焦りが大きくなっていく。

日付は合っている。手紙には「あの場所」と書いてあったので、裏山の紅葉以外は考えられない。

時間を間違えたのだろうか。

はじめてふたりが出会った時刻だと思っていたが、絵菜の考えは別にあったのだろうか。

(そうか……)

紅葉の木ではなく、ふたりの秘密の場所かもしれない。

あちらにも思い入れがある。手をつないで話したことを、今でもはっきり覚えている。祖父の葬儀の日に再会したのも印象深い。再会の場所として、絵菜が思い浮かべたとしてもおかしくない。

(きっと、あっちだ……)

落ち葉を踏みしめながら急いで向かう。

やがて、木々の向こうに開けた場所が見えた。ところが、そこにも絵菜の姿は見当たらなかった。

(そんな、どうして……)

頭のなかがまっ白になり、呆然と立ちつくす。

懐かしい町の景色も目に入らない。ただ胸が苦しくて息ができなくなる。全身から力が抜けて、落ち葉の上に両膝をついた。

連絡先はわかっている。しかし、スマホを取り出す気力もない。絵菜は約束の場所に現れなかった。その意味を考えるのが恐ろしい。信じられない気持ちでいっぱいだった。

カサッ——。

背後で落ち葉を踏む音がした。

恐るおそる振り返る。そこには恋いこがれた女性がいた。立ちつくして、佳宏を見つめている。澄んだ瞳には涙がキラリと光っていた。

焦げ茶のフレアスカートにクリーム色のセーター、それに赤いチェックのマフラーを巻いている。一年前と変わらない。いや、いちだんと美しくなり、後光が差しているように見えた。

「え、絵菜さん……」

震える声で呼びかける。

打ちひしがれていたため、なおさら感激が大きい。夢を見ているようで、現実味がない。

「よ、佳宏くん……」

絵菜も涙ぐみながら名前を呼んでくれる。

そして、黒いブーツで落ち葉を踏みながら歩き出した。歩調がどんどん速くなり、やがて気持ちを抑えられないといった感じで走り出す。その勢いのまま、ひざまずいている佳宏に抱きついた。

しっかり抱きとめて、落ち葉の上に倒れこむ。どちらからともなく唇を重ねると、舌を深く深くからませた。

もはや、ふたりの間に言葉はいらない。こうして抱き合って、口づけを交わしているだけでわかり合える気がした。

会いたかった。この一年、絵菜のことを考えなかった日はない。会ってこうして抱き合いたかった。

自分の胸のなかに、絵菜がいることが信じられない。

落ち葉の上で体を起こすと、彼女の手をやさしく握りしめる。寒いなかを歩いてきたことで、すっかり冷えきっていた。温めてやりたくて、両手でしっかり包みこんだ。

「あったかい……」

絵菜がぽつりとつぶやいて微笑を浮かべる。そして、真珠のような涙をこぼすと、白くてなめらかな頬を濡らした。

「会いたかったです」

「わたしも、会いたかった」

見つめ合って、言葉を交わすことで、少しずつ実感が湧きあがる。握った手を二度と離さないと心に誓った。

「ところで、どこにいたんですか」

素朴な疑問を口にする。

「今、来たところよ」

絵菜はそう言って、腕時計に視線を落とす。時刻はもうすぐ午後一時になるところだ。

「はじめて会ったときと同じ時間ね」

「あのときは、正午すぎでは……」

つぶやきながら、だんだん自信がなくなってきた。

あのとき、佳宏は衝動的に祖父の家を飛び出したあとだった。昼飯を食べていなかったことは覚えているが、正確な時間はわからない。腕時計もスマホも持っていなくて、時刻を把握する術《すべ》はなかった。

「俺の記憶違いだったのか……」

「紅葉の木の前にいないから、ちょっと心配したわ」

絵菜はそう言って、ふふっと笑った。

やはり「あの場所」は紅葉の木の前で合っていたのだ。すべては佳宏の予想どおりだった。ただ時刻の記憶だけが間違っていた。

「もしかしたら、こっちかもしれないと思って来てみたの。そうしたら正解だったわ」

ふたりの思考はまったく同じだ。心が一致していると思うと、新たな喜びがこみあげた。

「絵菜さんっ……」

思わず呼びかけて抱きしめる。すると、絵菜もすぐに抱き返してくれた。

「佳宏くん、ありがとう。来てくれると思ったわ」

「ありがとうございます。きっと会えると信じていました」

胸の奥がじんわり熱くなる。

今後のことを話し合わなければならないが、とにかく今は再会の喜びを嚙みしめたい。ふたりは見つめ合ってはキスすることをくり返す。何度も唾液を交換して、互いの味を確かめた。

2

一カ月後のとある日曜日——。

東京の佳宏のマンションで、ふたりの新しい生活がスタートした。先ほど荷物の搬入を終えたところだ。

これまでひとり暮らしをしていたワンルームなので、ふたりで住むにはさすがに狭い。落ち着いたら広い部屋を探すつもりだ。

休日にふたりで不動産屋めぐりをするのも楽しいに違いない。これからはずっといっしょにいられるのだ。肩を並べて出かけるシーンを想像するだけで、ワクワクがとまらなくなった。

この一年、絵菜は近所の書店でアルバイトをしていたという。書店のおばさんが貧血ぎみで体調が悪いため、手伝ってほしいと言ってきたらしい。絵菜が離婚したと聞いて、心配してくれたのだろう。

田舎は近所づき合いがわずらわしく、噂話が横行するのも面倒だと思う。しかし、人情のようなものが残っており、助け合いの精神もある。いずれも都会で暮らしていたら感じられないものだ。

絵菜が故郷を愛する気持ちもわかる。それなのに、東京で暮らすことを了承してくれた。

「今さらだけど、本当に東京でよかったんですか」

佳宏は額の汗を手の甲で拭って話しかける。

リビングには引っ越しのダンボール箱がいくつも積みあげられていた。かたづけるのは大変だが、その先には幸せが待っている。そう思うと、休憩する気は起きなかった。

「この一年、じっくり考えたの。好きな人といっしょなら、どこでも幸せになれるって」

絵菜はそう言って、にっこり微笑んだ。

好きな人という言葉が胸に染みる。絵菜といっしょに暮らせるなら、佳宏もどこでもよかった。

「佳宏くんはお仕事をしているんだもの。わたしが東京に来るのが、いちばんいいと思ったの」

「でも、あの町が大好きだったじゃないですか」

はじめて会ったとき、当時十七歳だった絵菜が淋しそうな顔をしていたのを覚えている。父親の仕事の都合で引っ越すことになり、町から離れるのをひどく悲しんでいた。

「それ以上に佳宏くんといっしょにいたいの」

絵菜が澄んだ瞳で佳宏を見つめる。

両親が残した家は売りに出しており、早くも買い手が決まりそうな状況だ。絵菜は覚悟を決めている。佳宏は彼女を守っていく責任を強く感じて、ますます気合が入っていた。

「俺を信じてください。絶対に後悔させません」

目を見つめて、きっぱり言いきった。

男らしく引っぱっていきたい。そのために、この一年、がんばってきた。なんとしても絵菜を幸せにするつもりだ。

「ありがとう。佳宏くんについていくわ」

絵菜はうっすら涙ぐんでいる。

今すぐ抱きしめたいが、荷物を運んだことで汗をかいていた。さすがに汗くさいと思って踏みとどまった。

「汗を流しませんか」

「佳宏くん、先に入って。わたしはかたづけをしているから」

絵菜はそう言って作業に戻ろうとする。

だが、どうせならいっしょに風呂に入りたい。ふたりで経験してみたいことがたくさんある。この一年、会えない間に妄想がひろがっていた。

「よかったら、いっしょにどうですか」

遠慮がちに提案する。

絵菜は意味がわからなかったらしい。一瞬、きょとんとした顔をするが、見る見る頬をまっ赤に染めあげた。

「わたしと、ふたりで……」

「そうです。絵菜さんといっしょに入りたいんです」

佳宏も顔が上気するのを感じている。

もしかしたら、絵菜は呆れているかもしれない。しかし、ここで引くつもりはない。

なにしろ、一カ月前に裏山で再会したが、まだセックスはしていないのだ。

あの日は有給休暇を取って町を訪れた。しかし、夜にどうしてもずらせない商談が入り、わずか一時間ほど会っただけで東京に戻ったのだ。ふたりの気持ちが同じであることは確認できたのはよかった。

しかし、深くつながりたかったので、せっかくの再会に物足りなさを感じたのも事実だ。

そのあとは、絵菜も引っ越しのためのかたづけや、家を売るための打ち合わせなどで、忙しい日々を過ごしていた。佳宏も仕事があり、絵菜に会いに行く時間を作れなかった。

ただ電話とメールを解禁したので、毎晩、連絡は取り合っていた。声を聞くことで安心できたが、欲望を満たすことはできない。結局、裏山で再会してから今日まで、直接会うことはできなかった。

「浴槽に湯を張ってあるんです」

祈るような気持ちでつぶやく。

今日という日をどれだけ待ちこがれたことだろうか。気持ちをこめて見つめると、絵菜は顔を赤く染めながらもうなずいてくれた。

「わかったわ。佳宏くんが、そこまで言うなら……」

消え入りそうな声だが、はっきり聞こえる。

絵菜が了承してくれたのだ。飛びあがりたいほどうれしいが、ここは気持ちをグッと抑えこむ。そして、平静を装って絵菜を見つめた。

「では、さっそく入りましょう」

「そ、そうね……」

絵菜は耳までまっ赤になっている。

今からふたりで風呂に入ることを想像しただけで、羞恥に身を灼かれているらしい。そんなに恥ずかしいのなら、強引に誘うのはやめておく。これから機会はいくらでもあるだろう。

「無理をしなくてもいいですよ」

落胆を押し隠して、穏やかな声を心がける。恥じらいを忘れないのも、絵菜のいいところだ。

「ええ……」

「俺、先に入ってます。気が向いたら来てください」

プレッシャーをかけないように軽く声をかけた。

佳宏は脱衣所に向かうと、服を脱いでバスルームに入った。まずはシャワーで体をさっと流してから、浴槽に浸《つ》かる。荷物をたくさん運んで疲れたので、思わず声が漏れるほど心地よかった。

3

しばらくすると、バスルームの折戸が開いた。

「失礼します」

遠慮がちな声とともに、絵菜が入ってくる。

黒髪をアップにまとめており、赤く染まった顔をうつむかせていた。白いタオルを胸にあてがって、縦にまっすぐ垂らしている。かろうじて股間は隠れているが、太腿はつけ根近くまで剝き出しだ。身体の両サイドもまる見えで、恥じらって腰をよじらせるのが色っぽい。

「来てくれたんですね」

思わず声をかけると、絵菜は首を小さく左右に振った。

「み、見ないで……お願い……」

小声でつぶやき、シャワーの前でしゃがみこむ。そして、うつむきながら身体を流した。

「いっしょに浸かりませんか」

佳宏の声に反応して、絵菜がゆっくり立ちあがる。

すると、濡れた白いタオルが身体にぴったり貼りついていた。乳房のまるみや平らな腹部と縦長の臍、それに黒々とした陰毛も透けている。隠しているほうがかえって卑猥《ひわい》だが、本人はそのことに気づいていない。

「タオルは取らないとダメよね……」

絵菜は独りごとのようにつぶやき、こちらに背中を向けてからタオルをそっと取った。

乳房も股間も見えないが、肉づきのいい尻は目の前に迫っている。染みひとつない肌が描くなめらかな曲線が美しい。白桃を思わせる尻たぶが、手を伸ばせば届く距離でプリプリと揺れていた。

絵菜は背中を向けたまま浴槽の縁をまたいで、つま先を湯に浸ける。佳宏の脚の間に立つと、腰をゆっくり落として湯に浸かった。

「俺に寄りかかっていいですよ」

声をかけるが、絵菜は遠慮しているのか前屈みになっている。佳宏はうしろから肩に手をかけると、そっと引き寄せた。

「あっ……」

絵菜が小さな声を漏らして、佳宏の胸板に寄りかかる。

表情は確認できないが、耳がまっ赤に染まっていた。照れているのがわかるから、思わずいたずらしたくなる。赤くなっている耳たぶに唇を寄せて、チュッと軽く口づけした。

「あンっ」

絵菜の身体が湯のなかでビクッと跳ねる。

羞恥にまみれているが、それだけではない。全身の感度があがっているのは明らかだ。湯のなかで脇腹にそっと触れただけでも、女体に小刻みな震えが走り抜けた。

「はンンっ、な、なにしてるの……」

「ずいぶん敏感なんですね。もしかして、期待してたんですか」

耳もとに口を寄せてささやく。わざと耳の穴に息を吹きこめば、絵菜は肩をすくめて小さく呻いた。

「ンンっ……き、期待していたわけでは……」

「あれ、違うんですか。残念だな」

両腕を背後から絵菜の腹にまわして抱きしめる。そうしながら、おおげさにため息をついた。

「俺は、期待してたんだけどな」

「そうなの……」

「もちろんですよ。好きな人とくっつきたいと思うのは、当然のことじゃないですか」

そう言いながら、目の前のうなじにキスをする。

髪をアップにまとめているため、白いうなじが剝き出しだ。後れ毛が数本、垂れかかっているのが色っぽい。ついばむようなキスの雨を降らせると、女体に力が入るのがわかった。

「はンンっ……わ、わたし、五つも年上なのよ」

絵菜が言いにくそうにつぶやいた。

(今さら、なにを……)

そう思うが、喉もとまで出かかった言葉を呑みこんだ。

今年で佳宏は三十歳になり、絵菜は三十五歳になっている。佳宏は気にしていなかったが、絵菜はずっと心に引っかかっていたようだ。

「俺はまったく気にしていません。今の絵菜さんが好きなんです」

「でも、来年はわからないわ……」

「来年になったら、来年の絵菜さんが好きになってします。間違いないです」

とにかく、力強く断言する。

根拠は自分がそう思うからだ。絵菜を好きな気持ちに嘘はない。何年経っても同じテンションで好きと言える自信がある。

「ふふっ……ありがとう」

絵菜が微かに笑ってくれる。

こわばっていた身体から力が抜けて、雰囲気が和んだ気がした。佳宏は腹にまわしていた手を滑らせると、湯のなかで乳房をゆったり揉んだ。

「ああンっ……」

絵菜の唇から甘い声が漏れる。

湯に浸かったことで、乳房はますます柔らかくなっていた。指先が吸いこまれるように沈みこみ、いとも簡単に形を変える。乳首をそっと摘まめば、瞬く間に充血した。

「もう、こんなに硬くなりましたよ」

「そ、それは、佳宏くんが……」

「俺が触ったからですか」

双つの乳首をクニクニと転がしながら問いかける。絵菜の呼吸が乱れてくるのがわかり、思わず耳たぶにしゃぶりついた。

「ああンっ」

「絵菜さんの乳首、俺が触ったから硬くなったんですか」

「だ、だって、ずっと……わたしだって、ずっと触ってほしかった」

絵菜が震える声で告白する。

会えない間、絵菜も触れられたいと思っていたのだ。その言葉を聞いて、佳宏の欲望は一気に燃えあがった。

「ああっ、絵菜さんっ」

うなじや首すじに何度もキスをして、乳房をこってり揉みあげる。柔肉の感触を味わっては、硬い乳首を指先で転がした。

「あンっ、そ、そんなにされたら……ああンっ」

絵菜の声が艶を帯びてくる。身悶《みもだ》えが大きくなり、浴槽の湯がチャプチャプと音を立てた。

（そろそろ、下のほうも……）

左手で乳房を揉みながら、右手を彼女の下半身へと滑らせる。腹の上を這いおりて、湯のなかで揺れる陰毛にそっと触れた。恥丘をやさしく撫でると、そのまま指先を内腿の隙間に潜りこませる。

「はンンっ、そ、そこは……」

絵菜の唇から困惑の声が溢れ出す。

とはいっても、いやがっているわけではない。腰を艶めかしくよじらせて、乳首はますます硬くなっていた。だから、佳宏は遠慮することなく、絵菜の股間に指を這いまわらせる。

「あれ、なんかヌルヌルしてますよ」

指先が触れている柔らかい部分は、おそらく陰唇だ。

湯のなかで確実にふだんより蕩けている。指先で軽くなぞるだけでプニュッと形を変えて、狭間からとろみのある液体が溢れるのがわかった。

「ほら、このヌルヌルはお湯じゃないですね」

「そ、そんなはず……はあンっ」

絵菜の声がどんどん甘ったるいものに変わってきた。

割れ目をいじるほどに腰のくねりが大きくなり、絵菜が感じているのは明らかだ。指先に感じるヌメリも強くなっていた。

「こんなに濡らしちゃうほど、ほしかったんですか」

「ああっ、いじわるしないで」

耳に息を吹きかけながらささやけば、絵菜は瞳を潤ませながら振り返る。そして、口づけをせがむように唇を突き出した。

「絵菜さん……」

そのまま唇を奪えば、彼女のほうから舌を伸ばして佳宏の口内に忍ばせる。舌をからませると、さらに興奮が高まった。

「はああンっ、そ、そこばっかり触ったら……」

絵菜が唇を離して、たまらなそうな声をあげる。

キスをしたことで快感が一気に高まったのか、膣口が蕩けて指がヌルリッと入りこんだ。その直後、絵菜の身体が湯のなかで小刻みに痙攣したかと思うと、ビクンッと股間を突き出すようにしながら仰け反った。

「ああああッ、ダ、ダメっ、はああああああッ！」

甲高い喘ぎ声がバスルームの壁に反響する。

指が入った衝撃で、軽い絶頂に昇りつめたらしい。膣口が指を締めつけて、絵菜の腰に震えが走った。

「すごく締まってますよ。指が食いちぎられそうです」

わざと耳もとでささやけば、絵菜は恥ずかしげに身をよじり、膣はさらに収縮して指を締めつけた。

4

「あああンっ……」

佳宏が膣から指を抜いても、絵菜の身体はまだヒクヒクと痙攣している。

絶頂の余韻に浸っているのか、完全に脱力しており、佳宏の胸板に寄りかかっていた。

「簡単にイッちゃいましたね」

背後から声をかけて、乳房をゆったり揉みあげる。指をめりこませては、先端で揺れる乳首をやさしく摘まんで転がした。

「あぁっ……」

絵菜の唇から気だるげな喘ぎ声が溢れ出す。

まだ絶頂が完全には引いておらず、頭の芯が痺れているに違いない。そんな状況にもかかわらず、絵菜は右手を湯のなかで背後にまわして、佳宏の股間をまさぐった。

「うっ……」

思わず呻き声が漏れる。

すでに硬くなっているペニスを握られたのだ。絵菜の喘ぐ姿を見て、先ほどから勃起していた。背中にずっと当たっていたので、硬くなっていることに気づいていたはずだ。

絵菜は無言のまま、太幹をしごきはじめる。しかし、うしろ手の無理な体勢なので動きはぎこちない。だが、スローペースのピストンが、焦らされているような絶妙な快感を生み出していた。

「くううっ」

我慢汁が溢れて、湯のなかに溶けていく。

反撃とばかりに乳首をキュッと摘まみあげる。すると、絵菜も人さし指と親指でカリ首を強く締めつけた。

「ううウッ、も、もうっ」

これ以上は我慢できない。

会えない間、ずっと絵菜のことだけを考えていた。早く挿入したくてたまらない。そして、思いきり腰を振り、愛する人と快楽を共有したい。夢にまで見た日が、ようやく訪れたのだ。

「絵菜さんっ、挿れたいですっ」

背後から抱きしめて想いを吐露する。もはや頭のなかが燃えあがるほど興奮していた。

「わたしも……佳宏くんがほしい」

絵菜も潤んだ瞳で振り返り、佳宏を求めてくれる。

ふたりの想いはひとつだ。そうとわかれば遠慮はいらない。絵菜を背後から抱きしめたまま、浴槽のなかで立ちあがった。

「ベッドに行きましょう……」

絵菜がなにかを察したのか、小声でつぶやく。振り返った瞳には、欲情の炎が揺らめいていた。

「壁に手をついてください」

「まさか、ここで……」

とまどいの声を漏らすが、絵菜は浴室の壁に両手をつく。そして、自ら腰を曲げると、尻を後方にグイッと突き出した。浴槽に足を浸けたまま、立ちバックの体勢になったのだ。

「覚えてますか。紅葉の木でも同じことをやりましたよね」

佳宏は絵菜の尻たぶを撫でまわして語りかける。懐かしくも淫らな光景を思い出して、ペニスがいっそう屹立した。

「ああっ、覚えているわ」

絵菜が喘ぎまじりに答えて、尻を左右にくねらせる。

どうやら、我慢できなくなったらしい。だが、挿入する前にどうしてもやっておきたいことがある。

絵菜の背後でしゃがむと尻を左右に割り開いて、サーモンピンクの陰唇を剝き出しにする。蕩けきった二枚の花弁は物欲しげにウネウネと蠢いて、割れ目から湯とは異なるとろみのある蜜を垂れ流していた。

「ダ、ダメよ。なにしてるの……」

うろたえた声が聞こえるが、構うことなく陰唇にむしゃぶりつく。溶けそうな感触に感激しながら、舌を伸ばして割れ目をねっとり舐めあげた。

「はあああンッ」

絵菜の唇から甘い声が溢れ出す。

佳宏のクンニリングスで感じているのは間違いない。前回は強引なところがあったので、心をこめて愛撫したい。そして、やさしく舐めあげて、絵菜に気持ちよくなってもらいたい。

「あァッ、こ、これはダメ……」

「いっぱい感じてください。舐められるの、好きでしたよね」

「そ、そんな、恥ずかしい……あああッ」

舌で陰唇を舐めあげるたび、絵菜の喘ぎ声が大きくなる。

割れ目からは透明な汁がどんどん溢れて、内腿まで濡らしていく。絵菜はしきりに照れているが、尻を突き出したポーズを崩さない。佳宏の愛撫に酔っている証拠だ。

「もっと……うむッ、もっと感じてくださいっ」

舌先を陰唇の狭間に忍ばせると、クリトリスをネロネロと舐めまわす。唾液と愛蜜を塗りつけて、ときどき吸引することをくり返した。

「そ、そこばっかり……あああっ」

「イクまで舐めてあげますよ……うむむッ」

「あああッ、も、もうっ、あああああッ」

絵菜の喘ぎ声がバスルームに響きわたる。その直後、透明な汁がプシャッ、プシャアアッと飛び散った。

「ダ、ダメっ、ダメダメっ、はああああああああああッ！」

激しく潮を噴きながら、絶頂に昇りつめていく。それでも佳宏はクンニリングスを継続して、顔面で潮のシャワーを受けつづけた。

尻たぶの痙攣が治まるまで、執拗にクリトリスを舐めまわす。やがて潮が出なくなり、絵菜の膝がガクガクと震えた。

5

「も、もう……」

絵菜の声がかすれている。

どうやら、たっぷり感じてくれたらしい。これで前回の強引なクンニリングスの記憶を上書きできただろうか。

これからは焦らなくていい。絵菜が消えることはないのだから、じっくり愛撫して、たくさん感じてほしい。

佳宏は濡れた顔を手で拭うと、絵菜の背後で身構える。そして、ペニスの先端を愛蜜まみれの女陰にそっと押し当てた。

「あンっ……」

絵菜が息を乱しながら振り返る。瞳が潤んでおり、今にも涙がこぼれそうになっていた。

「来て……佳宏くんがほしい」

「え、絵菜さん……」

求められているのがうれしい。思わず涙ぐみそうになりながら、ペニスをズブリッと埋めこんだ。

「あああッ」

絵菜の唇からよがり泣きが響きわたる。

クンニリングで達した直後の身体は過敏になっているはずだ。そこにペニスを挿入されて、膣が猛烈に収縮した。

「くうゥッ、す、すごいっ」

いきなり締めつけられて、思わず呻き声が漏れる。

佳宏は射精欲の波をなんとかやり過ごすと、さっそくピストンを開始した。くびれた腰をしっかりつかみ、ペニスを力強く出し入れする。

「ああッ……ああッ……」

絵菜は浴室の壁に爪を立てて喘いでいる。

美しい裸体をよじり、ペニスがもたらす快楽に溺《おぼ》れていた。佳宏の要求をすべて受け入れて、甘い声で喘いでいるのだ。自分の人生に、これほど幸せな時間が訪れるとは思いもしなかった。

「絵菜さんっ、好きですっ」

腰を振りながら、感極まったように叫んでいた。

「ああッ、わ、わたしも、佳宏くんが好きよ」

絵菜も喘ぎまじりに応えてくれる。

身も心もひとつに溶け合ったような感覚のなか、かつて経験したことのない高揚感が押し寄せた。

「おおッ……き、気持ちいいっ」

頭の芯が痺れて、なにも考えられなくなる。

とにかく腰を振り、ペニスで膣のなかをかきまわす。カリで膣壁を擦りあげれば、絵菜の反応が大きくなった。

「あううッ、なかが擦れて……あああぁッ」

膣のなかが激しくうねり、ペニスを奥へ奥へと引きこんでいく。亀頭が膣の行きどまりに到達して、腰を振るたびにコツコツとノックした。

「あぁッ、あぁッ、お、奥っ、すごいのっ」

「こ、ここですかっ」

佳宏は射精欲をこらえながら腰を振る。なにしろ膣の締まりが強烈で、睾丸《こうがん》のなかの精液が暴れはじめた。

「あああぁッ、い、いいっ」

意識して亀頭を膣の奥に送りこめば、絵菜の喘ぎ声はいっそう高まる。

いつしか白い身体はすっかり火照り、うなじから背中にかけてが赤く色づいていた。まるで、はじめて会ったときの紅葉のようだ。手を握ってもらった記憶がよみがえり、気づくと涙を流しながら腰を振っていた。

(俺、絵菜さんと……絵菜さんとセックスしてるんだっ)

あらためて感動が押し寄せる。

精神的に昂ることで、肉体の快感も瞬く間に跳ねあがり、絶頂の大波が轟音《ごうおん》を立てながら迫ってきた。自然とピストンが速くなって、足もとの湯が激しく跳ねあがった。

「あああッ、いいっ、いいっ、あああッ」

「おおおッ、も、もうっ、おおおッ」

成熟した女体がもたらす快楽は凄まじい。佳宏は全力で腰を振り、ペニスを猛烈な勢いで出し入れする。

「あああッ、もうダメぇっ」

絵菜が叫んだ直後、尻たぶが感電したように激しく震えた。

「イ、イクッ、あああッ、イクイクッ、はあああああああッ！」

赤く染まった女体が痙攣する。ペニスを締めあげて、背中を仰け反らしながらエクスタシーの嵐に呑みこまれた。

「おおおッ、で、出るっ、おおおおッ、ぬおおおおおおおッ！」

佳宏も野太い雄叫びを轟かせる。

ペニスを根もとまで挿入して、思いきり精液を放出した。天にも昇る心地とはこのことだ。かつて経験したことのない愉悦が全身を駆けめぐり、睾丸のなかが空になるまでザーメンを噴きあげた。

絵菜の背中に覆いかぶさり、密着しながら幸せを噛みしめる。

もう、二度と離れることはない。これからは、ふたりで人生を歩んでいく。ときには喧嘩することもあるかもしれない。そのときは仲直りをして、再び歩みはじめればいい。

ふたりで泣いて笑って、いっしょに歳《とし》を重ねていこう。

どうか、絵菜さんが俺の隣でずっと笑っていてくれますように……。

エピローグ

あなたは知らないでしょう。

この一年、わたしがどれだけこの日を待ちこがれていたことか。

もう、あなたは覚えていないでしょう。

昔、引っ越すことになって不安になっていたわたしの手を、あなたがギュッと握ってくれたのよ。

あの温もりが、今もこの手にあるの。

環境が変わっても、うまくやっていけるのか怖くて仕方なかった。そんなわたしの背中を、あなたが押してくれた。

あなたはいつでも、わたしに一歩を踏み出す勇気をくれる。あなたがいてくれたから、今のわたしがいるの。

この一年、すごく不安だった。

あなたに触れたい。そして、抱きしめたい。でも、あなたが来てくれる保証はない。

わたしのことなんてとっくに忘れて、ほかの誰かといるかもしれない。

それなら、そのほうがいいのかもしれない。あなたが幸せであってくれるのなら、それがわたしの幸せなの。

でも、嫉妬がないと言えば嘘になる。やっぱり、どこかであきらめきれない気持ちもある。

期待してはいけない。でも、どうしても期待してしまう。今このときも、あなたがわたしのことを想っていてくれるかもしれない。同時にふたりが互いのことを想っていたらうれしい。

そんなことを、つい考えてしまう。

会いたい。会って抱き合いたい。あなたの温もりを感じたい。どうか、わたしのことを覚えていて。毎晩、寝る前に祈っていた。涙が溢れてしまうけど、欠かさずあなたの顔を思い浮かべた。

ついに約束の日が来た。

あれほど待ち望んでいたのに、いざとなると怖くて仕方がない。怖くて逃げ出したくなる。

あなたは、あの場所にいないかもしれない。そう考えるだけで息がつまりそうになる。

山道を登る足が、鉛のように重い。緊張で心臓がバクバクしている。胸が苦しい。あなたがいなかったら、わたしはどうなってしまうの。今すぐこの場から逃げてしまいたい。

でも、もしあなたがいたら……。

わたし、たぶん自分を抑えられない。

あなたの姿を見つけたら、駆け出してしまう。そして、あなたの胸に飛びこむの。きっと全力で――。

＊この物語はフィクションです。同一名称の固有名詞等があった場合でも、実在する人物や団体とは一切関係ありません。

イースト・プレス
悦文庫

色づく人妻

葉《は》月《づき》奏《そう》太《た》

２０２３年11月22日　第１刷発行

企　画　松村由貴（大航海）
発行人　永田和泉
発行所　株式会社　イースト・プレス
〒１０１-００５１
東京都千代田区神田神保町２-４-７久月神田ビル
電　話　０３-５２１３-４７００
ＦＡＸ　０３-５２１３-４７０１
https://www.eastpress.co.jp

印刷製本　中央精版印刷株式会社
ブックデザイン　後田泰輔（desmo）

ISBN978-4-7816-2259-0 C0193